文春文庫

30前後、やや美人

岸本葉子

文藝春秋

目次

30前後、やや美人

初出
「人のフリ見て」(「週刊読売」95年4月16日号〜96年4月7日号)
「ヒト科ヒトの生態」(「サンパワー」95年1月号〜96年6月号)
「日々是好日?」(「日本ベニアタイムス」94年11月号〜96年4月号)

単行本 96年5月7日 読売新聞社

1

ひとりで住む「マンション」

空き巣にやられた!?

ひと頃《ころ》、近所で空き巣に入られる事件が続いた。町内の「防犯ニュース」に書いてあったのだ。

それによると当の空き巣は、アパートばかりを狙《ねら》うという、ちょっと変わった空き巣である。お屋敷と違って、まとまった金《かね》はないが、そのぶん戸締まりもゆるいはずだし、何よりも昼間、人がいないから、目撃される可能性が低い。などなどと、計算してのことだろう。なかなか「堅い」稼ぎをするタイプのようだ。手口はだいたい同じで、鍵《かぎ》をかけ忘れた窓から忍び込む。あるいは窓ガラスを破る。わずか半月の間に、十件。番地で言うと、三ノ八、三ノ一〇、一一、一二と、ほぼ一番刻みである。

三ノ一四に当たる私は、(今日来るか、明日来るか)と緊張した日々を送っていた。

まずはお金の保管を考えねばならない。私はふだんから、現金をあまり家に置かないが、それでもまあ二万か三万、箪笥《たんす》にしまってあることもある。外出するときは、これらをすべて、財布に入れていくようにした。

通帳と印鑑はどうするか。ひとつところにまとめておいてはいけないくらいの知恵は、私にもあったから、それまでも判こは引き出しに、通帳はベッドとマットレスの間にと、常に分けて置いていた。が、箪笥と布団の下なんて、古典的といえばあまりに古典的。空き巣ならば、いの一番に見そうなところである。

どこか意表を突いたところに、隠さねば。考えた末、通帳は冷蔵庫、印鑑は電子レンジの中にした。今だから話せる秘密である。

「そんなところに入れて、うっかりチンしちゃったらどうするの」

友人は言ったが、電子レンジというのは、開けて物を入れない限りスイッチを押さないから、だいじょうぶだ。

(これで万全)、出かけるときの私は、ひそかな自信に満ち満ちていた。帰れば帰るで、よく冷えた通帳と、回転テーブルのまん中にちょこんと載っかっている判こを確かめては、(よしよし)と、ひとり悦に入っていた。

そんなある日、いつものようにドアに鍵をさし込んで回し、ドアノブを引こうとすると、びくともしない。今ので鍵がかかってしまったらしいのだ。ということは、締めないまま出てきたのか。

胸騒ぎをこらえつつ足を踏み入れると、なんと、台所をはさんでドアと向かいの、四畳半の窓も全開している。夕方近い部屋の中で、カーテンだけがひとり、ゆうゆうと翻っているのである。

(すわ、空き巣か)まず思った。が、室内には引っかき回された跡もない。ガラスもまったく割れていない。

よくよく記憶をたどると、朝のうち、風を通したきり、閉めなかったような。が、窓はそうだとしても、ドアの鍵については、私はふだんから、かなりしつこく確かめる方である。ふたつとも開けっ放しにしていったとは、いくら私でも考えられない。

もしかして、空き巣が入り、ちょっと物色してみたが、あまりに金目のものがないことに呆《あき》れ、そのまんまドアから出ていったのではないだろうか。

(とすると、私の隠し場所は、やはり正しかったわけだわ)

そう思い、あらためて満足したのだった。

突然の訪問者

昼前アパートにいたら、突然ドアのチャイムが鳴った。

「新聞販売店ですが、契約の継続のお願いにきました」

そのときの私のかっこうは、人さまの前に出られるものとは言いがたかったが、換気扇をぶんぶん回していたので、居留守も使えず、(ま、いいか)と思って、出た。

ドアを開けたそこにいたのは、年の頃は十九か二十歳、さらさらの茶色い髪を、まん中で分けているという、今ふうの美少年。私は、ややどぎまぎしたが、だからといって引っ込むわけにもいかず、なるべくさっさと、すませてしまうことにした。

ドアの隙間《すきま》から、購読契約書にサインする。

「いつもどうも。また、一年ということで」

ハンコを押しながらそう言うと、少年は、

「あ、じゃあ、ちょっと待ってて下さい」

そんなに長く契約してくれるなら、もっと洗剤などを持ってくると言う。

「いンです、いンです、うち洗剤ありますから」

「でも、販売店すぐそこですから、取ってきます」

「ほんとにいいです、まだいーっぱいあるんです」

断ったところで、彼がふと、

「あのう、岸本さんて作家だって、ほんとうですか」

(な、なぜそれを)。どうして私の職業がバレているのか。

「は、はあ」

「有名な作家なんですか」

(そう聞かなきゃわからないような人は、有名とは言わない)と言いたかったが、相手は悪気のない若者、しどろもどろになりつつ、どうにかこうにかことをすませた。

(びっくりしたなー、もう)という感じであった。そして改めて、おのれのかっこうに目をやった。

そのときの私はといえば、黒のセーターにスパッツ。寝るときも、パジャマ代わりに着ているという、よれよれのシロモノだ。つまりは、起きてからまだ着替えていなかったのである。

言い訳をすれば、前はパジャマで寝ていたが、阪神大震災があってから、着のみ着のままになるとしても、ある程度通用する服装にしたために、昼間でもつい、そのままでいるようになってしまったのだ。

（いやー、いつ、どんな人が来るかわからないから、家にいるときも、少しはましなかっこをした方がいいな）

つくづく思った。顔を洗ったときのままの、ひっつめ頭。足もとは、毛玉だらけの防寒ソックス。おまけに、後ろのガス台では、ゆうべの残り物のカレーを温め直すという、貧しい昼食の用意のまっ最中だったのだ。

とりあえず、カレーを食べはじめた。すると再び、「新聞販売店でーす」。

なんと律儀にも、洗剤を取ってきたらしい。慌ててスプーンをかなぐり捨て、脱いだソックスを丸めて後ろへ放り投げると同時に、頭のゴムをむしり取り、手ぐしでとかしながら出た。

「お食事中すみません」

「いいえ、わざわざ、ごていねいに、どーも」

ドアを閉め、ふーっと大きく息をついた。まさか、ほんとうに戻ってくるとは。

しかし、私が食事中と、どうしてわかったのだろう。

はっとして鏡を見ると、果たして口のまわりには、黄色いカレーのルウが、しっかりとついていたのであった。

越えられぬ一線

友人から転居のハガキをもらった。その住所が「渋谷区神宮前」なので、びっくりしてしまった。地図で調べると（私もヒマ人だ）、最寄り駅は原宿か表参道という、ハイカラなところではないか。あいつも、ついに渋谷区民とは。

別に渋谷区にだってマンションはたくさんあるから、驚くにはあたらないかも知れないが、大学時代に机を並べたやつが住んでいるとなると、何かこう焦る。

私は東京でひとり暮らしをはじめて十五年、その間転居もしているのに、いまだ二十三区の住民になったことがない。調布市、狛江市、武蔵野市である。

ちなみに東京には親の家と姉の家があり、彼らも何回か引っ越しをしているが、やはり二十三区の外を転々としている。保谷市、東久留米市、立川市、小平市、国分寺市。このままでは二十三区内に一度も足を踏み入れぬうち、都下の市をすべて制覇してしまうのではなかろうか。

狛江市のときは惜《お》しかった。軽トラがやっと通れるくらいの狭い道の向こう側が、世田谷区だったのだ。

今の武蔵野市の住まいも、通りを隔てて杉並区。またしても、あと五メートルのところで、二十三区に入りそこねた。これはもう、私と二十三区との間には、何かよほど、越えるに越えられない一線があるとしか言いようがない。

こうした「境界」に住むというのは、どのような点で不都合か。

まず感じるのは、電話。向かいのおソバ屋さんから出前をとるにも、いちいち市外局番を回さなければならない。

そうでなくても、私が電話をかけたりファックスを送ったりするのは、ほとんど二十三区である。それが市内料金ですむのと市外になるのとでは、せこいようだが、月々のお支払いはかなり違ってくるのではないだろうか。その差が、たった道一本隔ててのことだと思うと、悔しい。

電話帳も、武蔵野版がきてしまう。が、家から駅までの間の、私の生活圏としているところは、杉並区なのである。

選挙もそうだ。駅で耳にする演説も、通りがかりに目にするポスターも、となりの選挙区の人。自分のところでどんな候補が出ているのかは、まるっきりわからない。

阪神大震災では、地域社会というものが、あらためてクローズアップされた。いざというとき協力し合えるよう、日頃からいい関係を築いておきましょうと。

何年も同じところに住んでいれば、おのずと顔見知りができてくる。よく行く喫茶店の奥さんとか、クリーニング屋のご主人なんかは、店の外ですれ違っても、「こんにちはー」と挨拶《あいさつ》を交わすくらいにはなっている。

（われながら、ひとり暮らしの割には、なかなかうまく地域社会に溶け込んでいるじゃない）と、ひそかに満足していた。

ところが、彼らは杉並区、私は武蔵野市の住民。地震がきたら、逃げるべき避難所が違うのだ。杉並区の小学校に逃げ込んではいけないという法律はないが、避難所暮らしが長くなることや、仮設住宅その他の手続きの便を考えると、やはりはじめから、住民票のあるところに逃げておいた方がいいと考えられる。

（こんなに明るい挨拶を交わしていても、いざとなったら、この人たちとは助け合うことはできないのね）

と思うと、今ひとつ声に力が入らなくなる私だった。

おじゃま虫！　退散!!

若い男性が、休日に家で昼寝をしていたところ、一本の電話で起こされた。知り合いの話である。

「もしもし、ヤマダです」

受話器の向こうで名乗るのは同年代とおぼしき女性。明るくて、なかなか感じのいい声だ。

学生時代の友だちか誰《だれ》かで、そんな名の人がいたかと、寝呆《ねぼ》け頭で思い出そうとしていると、

「今度、渋谷の近くにね、遊びの情報スペースができたんです。すっごく楽しいんですよ。あ、勧誘の電話なんかじゃありません。ただいっぺん、来てみたらどうかなって。休みの日とかは、いつも何してるんですか」

勧誘ではないと言いながら、とにかく来い、来いと、しつこいこと、この上ない。

「僕、興味がありませんから」

断ろうとすると、突然、別人のような声に変わり、

「あんた、遊びに興味がないって言うの」

と、すごんだ。

「そうは言ってませんよ」

「だったら、どうして来ないのよ」

若いくせにいったい何が楽しくて生きてるんだくらいの調子で、向こうから切れた。

「そりゃあ、僕は休日にデートをするでもなく、家で寝てるさびしい若者かも知れませんけどね」

（てめえに、それを言われたかねえよ）という感じだったそうだ。会社名でなく、わざと個人名でかけてきて、誰だったかと考える一瞬のスキにつけ込むという、やり口も気に入らない。せっかくの休日を台なしにされたようで、ものすごく気分悪かったと言っていた。

休日に勧誘を受けたことのある人は、私の知る中でも、結構多い。中年の男性だが、やはり家で、トレパン姿でごろごろしていたところ、ドアのチャイムが鳴った。

「ご近所のスズキと申しますが」

会社人間だから、近所との付き合いもロクにしていない。こういうときにこそ、きちんと対応しなければと、わざわざズボンにはき替え、出ていった。

ドアを開けると、そこにいたのは、何やら冊子を抱えた女性。

「人生について話し合いませんか」

興味がないからと、ドアを閉めようとすると、語気を強め、

「あなた、人生について何も考えてないんですか」

かっとして、つい話に引きずり込まれてしまうほど、ダテに長く社会人やってきたわけではない彼のこと。

「人生については考えてるけど、あなたと話し合うことについては、まったく興味がないね」

冷ややかに言い放って、おっぱらったそうである。

私もよく、そのテの電話なり訪問なりを受ける。ダイレクトメールよりタチが悪いと思うのは、人の生活にずかずかと割り込んでくることだ。

このところ売り込みのはげしいのは、ジュエリーの店。ジュエリーといっても、もうずいぶん前に、一万円もしないネックレスを一回買っただけなのに、「セールのご案内」と称しては、やたら電話をかけてくる。

（お前んとこは、そんなに客がいないのか）

と勘ぐりたくもなる。それも必ず、休日の午後。

受話器を置くたび、（こういう店では、意地でも買うまい）と固く心に決めるのは、

私だけだろうか。

サカキバラさんからの電話

うちの電話は、ファックス付き留守番電話だ。

家にいても、留守電をセットしてあるときがある。仕事をしているときや、食事中、または夜など。

かかってくると、受話器をとらなくても、相手の声が聞こえる。（こういうのって、あまり性格のいいやり方じゃないよな）と後ろめたく感じながらも、ついつい耳をそば立ててしまう。

すると思いのほか、間違い電話が多いのだ。

「もしもーし」

三十代半ばくらいとおぼしき男の声。一時半、昼食をすませて一服し、気力体力ともに充実、さあ、またひと仕事はじめっかな、という気に誰もがなる頃である。そのせいか、えらく威勢のいい声だ。

「岸本です、ただ今留守に……」

という私のメッセージが流れているそばから、

「あのね、さっきの見積もりの件だけどね」

べらべらと一方的にまくし立てる。

やがて、受話器の向こう（すなわち私）が、しんとしているのに気づいてか、

「あれっ、いなくなっちゃった、もしもし、もしもし」

と呼びかける。

「さっきまでいたのに、どこ行っちゃったんだろ。もしもし、もしもーし」

ずっとここにいるよ、と言いたくなった。いい加減、留守番電話であることに気づけよな、と。かといって、途中から出るわけにもいかないし。

こうなると、電話ってものは、相手の声なんかいかに聞いてないかが、よくわかる。

その頃は、私のメッセージは機械による番号だけのアナウンスではなく、

「岸本です」

とちゃんと姓を名乗っていた。それでも、こうなのだ。かける方は、用があってかけるのだから、喋《しゃべ》り出したくて、うずうずしているのだろう。

先日は、夜の七時頃電話があった。

「もしもし、サカキバラですけど、お帰りになったら、必ずお電話下さい」

とだけ言って、切れた。縁の尖った眼鏡をかけていると想像される、いかにも女史ふうの、きんきん響く声だ。「かならず」と力がこもっているのが不気味である。

サカキバラさんには心当たりがないので、そのまま近くのサウナに行ってしまった。

帰ってきたのは、九時半だった。すると、その間にさらに二回も、サカキバラさんからの電話が入っていたのである。

「マキコさん？　サカキバラですけど。さっきもお電話したんですけどね。帰ったら、必ずお電話下さい。お願いしましたよ」

先回より、さらに強く念押しする。

「もしもし、まだお帰りにならないの。すぐにお電話下さい。必ずですよ」

だんだんにトーンが高くなっていく。相当おカンムリのようだ。

しかしなあ、と思った。二時間半の間に、三回である。そうそう人が自分の思いどおりに動くわけないではないか。私がマキコさんだったら、意地でも、こっちからはかけたくなくなるような相手である。そもそも、そんなにだいじな用があるなら、番号くらいきちんと確かめろよな、と言いたい。

あれからサカキバラさんとマキコさんの仲がどうなったか、気になるところだ。

テレビのない生活

二十代の何年間か、私の部屋にはテレビがなかった。学生時代、人からもらったのが壊れ、お金がなかったこともあり、そのまま買わないでいたのだ。

今は「紀子さま」となった秋篠宮妃殿下が、川嶋家の長女だった頃、「紀子さんのうちには、テレビがない」というエピソードが知れわたったことがある。

「さすが」「お妃《きさき》になる人は違う」などと騒がれたが、そのときも私はひとり、（なあんだ、私とたいして変わりないではないか）

とシラケていた。まあ、お金がないのと、教育方針からとでは、理由において、いささかの違いはあるが。

今でも、あまり見るほうではない。よく、「とにかく、習慣でつけている」と言う人がいるが、私の場合その逆で、つけないのが習慣になっている。一週間の視聴時間を合計しても、一時間にもならないだろう。

そのテレビが先日故障した。たまたまつけていたところへ、突然ブレーカーが下り、部屋じゅうの電気が切れたとき、画面の奥で、「ぶつん」と、はっきり、何かを力まかせに引きちぎるような音がしたのである。ほかの電気製品は、すぐまた動きはじめたが、テレビだけはどこをどういじっても、うんともすんとも言わない。

サービスセンターに電話をすると、修理にはちょうど一週間かかるという。

その一週間が、長かった。

これといって、見たい番組があるわけではない。ただ、家にいて、お茶でも入れるかというときなど、水道をひねりながらふと、

（仮に今、東京上空にサリンがばらまかれ「けっして水を飲まないで下さい」と注意が呼びかけられていたとしても、私だけは何も知らず飲んでしまうのだな）

と考える。あるいは新幹線が止まっているのにひとり、のこのこ予定どおり出かけ、東京駅まできてはじめて、（あらー、どうしましょ）と、なることもあり得る。

そういう「事件」に限らない。ちょっとしたこと、例えば、（今日はまた、やけに暑いようだな）と思うとき。

「今日の東京は、最高気温が平年より五度も高い、暑い一日となりました」

とアナウンサーが言うのを聞いてはじめて、

（ほーら、やっぱりそうだったんだ）

と、まんざらでもない気持ちになる。それがないと、なんとなく物足りない。

あるいは、夕方に、耳をつんざくばかりの騒々しい音が鳴った夜、落雷のため電車も一時不通になっていたのを、ニュースで知って、

（なるほど、すごい音がしたワケだよ）

と、うなずく。そういうしかたで「納得」をしたいのが、人間というものだ。自分の感じたことに、ささやかながら社会的な共感を得たいというか。

自分がこんなに、テレビ人間とは思わなかった。一週間あたり一時間に過ぎないが、その一時間があるとないとでは、すごい差だ。

年とって家にばかりいる人が、テレビをよくつけているわけが、しみじみとわかった一週間であった。

住まいの「弱点」

どんな家にも「弱点」があるものだと、このごろよく思う。

私のところは、ガス台が弱い。

スイッチをひねり、「点火」のところで保ちながら、二十数える。それを五回も六回もくり返して、やっと着火。お茶一杯分のお湯なら、その間に沸いてしまうほどだ。

考えてみれば、もう十年くらいになる代物である。

「そんなら、買い替えればいいじゃない。私だったら、いらいらして耐えられないわ。点《つ》けるのにいちいち、そんな時間がかかるなんて」

人は言うが、まったく使えないわけではないから、つい「もったいない」と考えてしまう。買い替えるとなると、ガス台の場合、取り付けにきてもらわなければならないのかも知れないし、だとすると、いかにもおっくうだ。

コンロの下が、いかに汚れているかを想像すると、それだけでもどっと疲れる。箸《はし》が一本、「いつか拾わなきゃなあ」と思いつつ、何年にもなるのがあるのを、私は知っている。

それらすべてに直面したくないために、ずるずるとそのままだ。

従姉妹《いとこ》の家で、こんなことがあった。

「出かけるから、窓閉めて」

と言われたが、いくらやっても、鍵がしまらない。うんしょうんしょ格闘していると、

「この窓はコツがあるの、こうちょっと、持ち上げるようにして」

従姉妹がやると、あーら、不思議、鍵はいともたやすく、おさまるべきところにおさまる。

「ほうらね」

なるほど、この家の弱点は窓か、と思った。建てつけにガタがきているのだ。が、にもかかわらず、「ほうらね」と私を振り返った従姉妹の声に、得意そうな響きがあったのは、なぜだろう。弱点を知り抜いた上で、うまく扱える喜びだろうか。

人がそうであるように、家にもそれぞれ癖があり、住人としては、難儀しながらも、「そういうもの」として、受け入れているのかも知れない。

いつだったか、雑誌の一行投書みたいなコーナーに、

「ウチの洗濯機は、脱水にすると、ぶるんぶるん震えながら少しずつ前進するという、不気味なヤツです」

とあったが、その語り口には「愛着」のようなものさえ感じられたのだ。

私のガス台も、そんなところがなきにしもあらずだ。急いでいるときは、

(「点火」を保ったまま二十数えるなんて、かったるいことしてられるか。暇じゃないんだ、暇じゃ)

と、悶えたいほど、いらつくが、

「怒ったときには十数えろ、ということだし。これも人間性の涵養《かんよう》だわ」

と、こじつけたり、

「着火のときは、嬉《うれ》しさひとしお」

などと、どこかで楽しんでいるフシもある。

私の住まいは、家といってもアパートだ。寸分違《たが》わぬ間取りの部屋が、並んでいる。

先日、となりの奥さんから、

「宅配便を預かってるんだけど、お茶飲みがてら、取りにこない?」

との誘いがあり、出かけていった。

ドアを開けると、シナモンのいい香りがし、オーブンレンジの光があかあかと、中の

焼きりんごを照らしている。が、私がドアを閉めた瞬間に、ばちんとすごい音がして、家中の電気という電気が消えてしまった。

「どうしましょ、私ったら、何をしてしまったのかしら」

うろたえる私に、奥さん笑って、

「うちのブレーカーは、いきおいよくドアを閉めると、なぜか下りちゃうの。そうっと、そうっとね」

知らなかった。うちにはない、そんな癖があったとは。同じ会社が、同じように作った部屋なのに。

兄弟でも性格が違ったりすることを思い合わせて、なかなか感慨深いできごとではあった。

留守電の掟

以前、新聞を読んでいたら、ある年配の女性が、こんなことを書いていた。

若い人のところへ電話をすると、留守電が機械の声になっているケースが多い。「ただ今、留守にしております。発信音の後に、ご用件を……」。これでは、かけたい相手に正しくかかったかどうか、わからないではないか。短縮ダイヤルのときなど、特にいったいに、若い人は、電話に出ても、自分の名を名乗りたがらない。ちゃんとダイヤルしさえすれば、違うところにかかることなどありっこないと、今の人は、そこまで機械を信じているのだろうか、云々と。

(うーむ)、私は唸《うな》った。違うんだな、これが。名乗らないのは「機械信仰」といった問題ではないのである。

私も、受話器をとるとき、名乗らなくなって久しい。「もしもし」で、ひと呼吸おいて、向こうが先に、「○○ですが、岸本さんですか」と言ってくれるのを待つ。

問題ない相手だったら、「あ、どーも」と喋りはじめる。

七、八年間ずっと、そのやり方を通している。電話に出たらまず名乗れ、と家庭でも会社でもうるさく躾《しつけ》られた「電話応対の基本」に著しくもとるが、しかたない。

私は、フリーの編集者なる女性からよく仕事の手紙をいただく。連絡先とあるのは、自宅だ。

電話をすると、たいていは、「もしもし」と言ったきり、黙っている。

はじめのうちこそ、(電話下さいとお願いしておきながら、失礼な)と、思わなくもなかったが、今ではすかさず、(あ、この人も、ひとり暮らしなんだ)と察し、

「お手紙いただいた岸本ですが、〇〇さんですか」

と、こちらから言う。このへんの呼吸は、ひとり暮らしの女性どうしでないと、なかなか難しいかも知れない。

私の知る限り、ひとり暮らしの女性で、いたずら電話の被害に遭ったことのない人は、皆無だ。

「世の中にはそんなに変なやつがいるのか」

と啞然《あぜん》とするが、ほんとうだ。統計をとったら、おそらく驚くべき数字だろう。男性にはちょっと想像がつかないのではなかろうか。

そういう経験をすると、誰がかけてきたかもわからない電話に向かい、

「この番号のところには、岸本という女が住んでますよ」

と、ばらすのは、あまりに無防備な気がするのである。

以前は、私の留守電は、「岸本です、ただ今留守に……」と、いうものだった。ところが、いたずらで、たまたまウチにつながったらしい男が、名前を知ったのをいいことに、「キシモトさん、キシモトさん」と、しつこくかけてきて、たいへんだった。具体的な名が与えられると、それをとっかかりに、ますますからみたくなるというのが、いたずらする人間の心理のようだ。

それからは、名前の代わりに番号を吹き込むようにした。具体的な名を与えないと同時に、岸本にいたずらしてやれ、と思ってかけてきた人が、

「？　これはほんとうに岸本か？」

と、ためらうくらいの効果はあるのでは、と思っている。

よく言われることだけれど、電話は暴力的なものだ。番号を押すだけで、誰でも何のチェックも受けず、「声の住居侵入」ができてしまう。それには、失礼になると知りつつも、二重三重にガードしないと、対抗できない。

これからは、電話のマナーもだんだんに変わっていくことだろう。

風邪を引いたら

「風邪など引いていませんか」

冬は、電話をかけてきた人から、よく聞かれる。

「流行《はや》ってるみたいですからね。岸本さんも気をつけて下さい」

そうだったのか、と思う。会社勤めでない私は、「昨日は課長が休んだ、今日は隣の人までも」というような、まわりからだんだんに包囲されてくる感じはない。電車の中のマスクの割合もわからないので、「流行っている」実感が、今ひとつ迫ってこないのだ。電話で、はじめて知るくらいである。

しかし考えてみれば、毎年同じことを言われているような。ほとんど冬の枕詞《まくらことば》となっているのではなかろうか。

そう言ってくる人に、「そちらはいかがですか」と訊《たず》ねると、たいていが、

「実は私も、ちょっと風邪気味でして」

話だけからすると、風邪の人と風邪気味の人とを合わせれば、世の中の人間の八割くらいを占めてしまいそうである。

が、この「気味」というのも実にあいまいな言葉だ。これが、「いいえ、私はピンピンしてます」だと、

(流行ってるって言いながら、自分は痛くも痒くもねえのかよ)

と、裏切られたような感を相手に抱かせてしまうかも知れないし、かといって、「はい、そうなんです」でも、気をつかわせてしまって、よろしくない。その点「気味」は、どのようにとってもらうこともできる。和をもって貴しとなす、日本人向きといえる。

だったら、風邪の話など出さなければいいではないかと思うかも知れない。が「引いてませんか」というのは「私はあなたを心にかけてますよ」と表すひとつの方法なのだ。風邪という厄介ものまで、季節の挨拶にとり入れてしまうのだから、日本人はすごいと思う。逆に、この世に風邪のなかりせば、冬の会話は、ずいぶんと味わいのないものになったことだろう。

そもそも、風邪という病気が、すこぶる日本人的だとも言える。原因のはっきりしないまま、いつの間にか、かかる。皆でかかる。そして、鼻をかんだりくしゃみをしたりしながらも、だましだましして、なんとなくすましてしまおうとする。いわく、

「いやあ、なかなか抜けなくて。今年の風邪はしつこいですね」

これもまた、毎年言われることである。私は、もの心ついてこの方、

「今年の風邪は割とあっさり治りますね」

なんて言うのを、聞いた例《ためし》がない。しつこくない風邪なんて、あるんだろうか。

先日、家で仕事をしていると、向かいの家からベェー、ベェーという、耳慣れぬ鳴き声が聞こえてきた。ブタのようなウシガエルのような。

飼っている動物が変わったのかと思った。たしか、犬だったはずである。

それから気づいた。もしかして、犬が風邪を引いたのでは。飼ったことがないのでわからないが、鼻がつまれば、あんな声にもなりそうだ。あるいは、あれが犬の咳《せき》か。

犬も風邪を引くとは知らなかった。が、種痘も牛に植えつけたくらいだから、犬が人間の病気にかかってもおかしくはない。おそらく飼い主から、うつされたのだろう。

今年の風邪は何日続くか、犬の鼻声に、耳をそばだてている。

マンションを買う

三十代の女が三人寄ればはじまるのが、マンションの話題。

価格が下がり、まわりでもちらほら購入する人が出てきたのが、刺激となった。

「知ってる人で、またひとり買ったよ」

私が言うと、あとの二人もたいていは、「そうか」「私も考えてはいるんだよね」と溜《た》め息をつく。「今までの家賃だって、相当なものだよね」。

そうなのだ。それも私たちの頭を悩ませる、ひとつのきっかけである。

二十代のときは、自分が一千万円という単位の買い物をするなんて、夢にも思わなかった。が、アパート暮らしも十年にもなれば、現実にそれくらいのお金を払ってきている。だったらば、(ただ右から左に流れるよりは、自分のものになる方が)と考えるのが、人情だ。

「アパートだと、ひとり暮らしのお年寄りは追い出されるっていうしね」

「マンションなら、いよいよとなったら売って、老人ホームに入る一時金にすればいいんだよ」

話がいっきに「老後」にまで飛ぶのも、この世代の特徴である。

が、購入の気運が高まったところで、ひとりがふと、

「しかし、われわれに買える物件といえば、どんなに頑張ったって中古だからね」

これには、かなり説得力があるため、誰もがうなずかざるを得ず、

「たしかに、築十年としても、われわれが老後を迎える三十年後には、築四十年」

「資産価値なんて、ほとんどないいんじゃないの」

などと、話はだんだんにあやしくなってくる。

そこでまた、三人のうちひとりは必ず、

「だいたい三十年の間にはゼッタイ、地震が来ると思わない？」

と「地震」云々を言い出すやつがいるのである。阪神大震災で、マンションがどれくらいやられたかはわからないが、ビルの四階だか五階がぐしゃっと潰《つぶ》れている映像が、よほど強烈だったせいだろう。

そこから、話は二つの方向に分かれる。「だから、買ってもしようがない」と言う人と、「だからこそ、安アパートは危ない。ちゃんとしたマンションに住まなければ」と

言う人と。そして、いずれも誰かの、

「そもそも、家にいるときに地震が来るとは限らないじゃない。会社にいるかも知れないし、地下鉄に乗ってるかも知れないし」

というひとことが、ダメ押しとなり、

「そりゃ、そーだ」

「マンションを買おうが買うまいが、なるようにしかならないんだよ」

と、うやむやに終わってしまうのである。いつもいつも、同じパターン。

だいたい、そういう話をぐずぐずとくり返すのは、「地震が来たらどうしよう」と言いながら、家具転倒防止器ひとつ買っていないような人間ばかりなのだ。

すべてにおいて腰の重い私たちは、マンションを買うなんて大仕事には、一生とりかかれないような気がする。

2

「おばさん！」と呼ばれて

初体験

お年寄りは、電車の中ではじめて席を譲られたとき、少なからず傷つくというのを本で読んだ。老いたことを、思い知らされるからだそうだ。

（難しいものなんだな）と思った。むやみやたらと譲ればいいというわけではないらしい。人のそういう「心理」までは、なかなかわからないものである。

七十過ぎの私の母は、今はもうどこから見ても、れっきとした老人だが、十年前、はじめて席を譲られたときは、やはり複雑なものがあったという。

「おばあちゃん、どうぞお座り下さい」

と「おばあさん呼ばわり」されたのが、二重のショックだったと言っていた。

私はそれは「おばさん」と呼ばれたときの感じに、似ているのではないかと考えた。

私がはじめてそう呼ばれたのは、昨年の秋。三十四歳と三か月のことである。

その日は団地の秋祭りで、昼間から賑《にぎ》やかだった。私は小学校一年になる姉の子どもと歩いていた。ちなみに甥《おい》からすれば、私は「おば」だが、ずっと名前で呼ばせていたのだ。

駐輪場にさしかかったとき、ふいに五、六歳の女の子がやってきて、私たちの前で足を止めた。そして、ひたと私を見上げ、

「おばちゃん」

そうはっきりと言ったのだ。私は一瞬、ぎくっとしたが、あまりにひたむきなまなざしに、目をそらすこともできなかった。

「おばちゃん、ワタアメどこで売ってるか、知ってますか」

その子はたいへん躾のできている子で、私がどこどこと指さすと、「ありがとう」と、きちんと礼を言って、駆け出していった。

礼儀正しい子であっただけ、私の胸は複雑だった。あの子のことだから、ふざけておばさん呼ばわりしたのではない。つまり、あの子の目には、「正真正銘」おばさんと映ったのだ。

母に話すと、「それは、あなたが子連れだったからじゃないの」。私を、甥っ子の母親と思ったからではないかと言う。女の子にすれば、自分と同じくらいの年の子のお母さんなのだ。

その説に、私はおおいに意を強くした。幼稚園の子どうしでも、友だちのお母さんを「誰々ちゃん家《ち》のおばちゃん」と呼ぶではないか。その、おばちゃんなのだ。なるほど。それなら十分考えられる。ナーンダ、ソーダッタノカ。

ところが、秋祭り二日めの夕方、私はまたしても、おばさん呼ばわりされてしまったのだ。盆踊りがはじまったのを、私は輪の外側に立って眺めていた。すると、すぐそばで、

「おばちゃん」

かわいらしい声がした。つぶらな瞳《ひとみ》が、私をまっすぐ見上げている。昨日とは別の女の子だ。

「おばちゃん、いっしょに踊ってくれますか」、そう言って、手を握ってきた。

そのときは、甥っ子はいなかった。つまりは私単独でおばさんと見られたのだ。

私はがっくりきてしまった。が、小さな子にお願いされて、どうしてむげに断れよう。

(これが私の年相応ということなんだ。子どもの目は正直というからな)

何とも言えぬ思いで踊った「東京音頭」であった。

コインロッカーおばさん

「おばさん」になりつつあるな、と自ら感じるしるしがいくつかある。

そのひとつが、コインロッカーだ。

私の仕事は、もの書きである。人と会って話すときは、何らかの紙類を持っている。本しかり、原稿や校正刷の束しかり。二人、三人と会うときは、荷物も二倍、三倍となる。

基本的には、住んでいる駅のそばの喫茶店にきてもらう。が、新宿あたりまで電車に乗って出かけることもある。紀伊國屋書店に行きたいとか、デパートにも足を延ばしたいとか、「上京」しなければすまないことがあるときだ。右の手に、紙類を入れた袋を、左肩から、財布、名刺入れ、ハンカチ、ティッシュ、化粧ポーチ、折りたたみ傘を詰めたショルダーバッグを下げるというのが、外出時の私の姿である。

このかっこうが、えらく疲れる。ご存じのように、紙類というのはとても重い。

二人めと会うため、新宿駅の地下道を西口から東口へ向かうあたりで、すでに肩から背中、腰にかけてが、みりみりと痛む。固まった筋肉が、音を立ててひび割れそうだ。どうしてこんなことになるのか。よほど姿勢が悪いか、持ち方が間違っているかに違いないが、痛くてたまらないときに、理由など考えてもはじまらない。この上、デパートを歩き回ることは、とてもできそうにないし、紀伊國屋書店の階段を上ったり下りたりして、さらに本を買うなど、ほとんど絶望的である。

そこで思いつくのが、コインロッカーだ。

(新宿三丁目の駅のそばに、たしかあった。デパートにいる間、あそこに入れておけばいいではないか)

いや、一時間かそこいらのために、三百円も払うのはもったいない。

(子育てのときは、もっと重い荷物を抱えるんだ。働く女が、こんなことでどうする)

自分を叱《しか》る声がする。

いいや、とまた別の声が言う。

(こんなに凝っては、帰ってから書けなくなる。自己管理も、仕事のうちだ)

わかったようなわからないような論理で自らを説き伏せ、コインロッカーへと向かうのだ。同じ三百円払うのなら少しでも軽くしようと、紙類の袋はおろか、化粧ポーチや折りたたみ傘までショルダーバッグから出して。このあたりの「モトをとろう」とする根性は、まさに「おばさん」そのものである。

コインを入れ、鍵をかけるとほっとする。それが、矢印に従って改札のまわりをぐるぐる回り、ようやくたどり着いたのに、満杯で「空き」のしるしである鍵がひとつもついていなかったりすると、気力体力尽き果てて、その場に崩れそうになる。

願わくば、コインロッカーは、すぐわかるところに設け、かつ、常時空きのあるようにしておいてほしい。三十過ぎた私からの、ひそかな要望である。

人妻になりすます

知らない人から「奥さん」と呼びかけられることが多くなった。セールスや勧誘で、家に訪ねてくる人には、特に。

年齢的には、当然結婚しているはずと思うだろうし、昼間から家にいるせいもあるだろう。

はじめのうちは、言われるたび、いちいち「いえ、まだ独身です」と訂正していたが、だんだんに面倒になってきた。ほとんど毎回そうなのと、独身だと言うことは、すなわち、「女ひとりです」と言いふらすことにほかならず、防犯上よろしくない。相手が男性だと、よけいそうだ。

そのうちに、こちらも賢くなり、ずるいことを考えはじめた。「奥さん」に見られるのを利用して、都合が悪くなると、人妻になりすますことにしたのである。

この前も、営業マンの訪問があった。ちょっと変わった勧誘で、自動販売機を置かないかという。お宅は角部屋で、駐車場とも接しているから、立地条件がすごくいいのだと。

「ここは借りてる家だから、わかりません」

と断ると、いいや、販売機の権利を買うのだとの話。そうすればお宅にもなにがしかのお金が入ると。そんな商売があるかどうかも知らないし、気もなかったので、

「とにかく、主人も出かけてますし、私ではいっさいお答えできません」

と得意の「主人」をちらつかせ、お引き取りを願った。

ところが、同じ日の夜八時頃、夕飯を食べていたら、ふたたびドアチャイムが鳴るではないか。昼間の男の声が、

「ご主人、お帰りになりましたかあ？」

「い、いえ、まだです」

「いつも何時頃お帰りになるんですか」

遅くまで帰りません、と言おうとしたが、それだと「いつも私ひとりきり」のことになり、防犯上の効果がなくなる。

「さ、さあ、その日によって全然違いますから」

どうにかこうにかごまかしたが、いやはや、しどろもどろであった。

こういうのを「嘘《うそ》の上塗り」と言うべきか。ひとつつくと、次々と嘘を重ねるはめになり、厚みが限界に達したところで、ボロリと剝《は》げる。

地方を旅したときも、そうだった。その村の人たちはたいへん親切で、見知らぬ私を家に上げてくれたのだが、お茶をごちそうになっているうち、

「なしてひとりで来た。旦那《だんな》さんは」

私はそこで、よせばいいのに、いつもの癖でつい、「ええ、ちょっと、会社の仕事が忙しくて」「でも、いいんです、お土産ちゃんと買って帰りますから」などと、とりつくろい、その場をしのいでいた。

すると、ひとりが、

「いいや、女房ひとりで旅行に出すのは、心配なもんだ。そうだ、ここから電話すべえ」

まわりの人も「んだ、んだ」とうなずき、座布団の前に電話機までが引っぱり出されてきてしまったのだ。

「い、いえ、高くつきますから」

「遠慮すんな、ほれ」

進退窮まった私は、自分の留守番電話に、旦那と話しているフリを入れるという、苦

しい策に出たのである。

正直がいちばん、と昔話が教えていたのは、ほんとうだと思い知らされたのだった。

同病相憐れむ

もの忘れがひどいということを、エッセーに書いたら、知り合いの女性からクレームがついた。

「私なんか、そんなものではない」と言う。十くらい年上の主婦である。彼女に言わせれば、今置いたものがどこだか、わからなくなるなど、序の口で、「人に迷惑かけないだけ、まし」。

彼女の場合は、家にひとりでいるところへ、友だちから電話があった。話に花を咲かせていると、ピンポンとチャイムの音が。

「旦那だわ。ちょっと待ってね」

ドアを開け、「早かったわね、食事のしたくはできてるわよ」などと、あれこれ世話をやくうちに電話中だったのをころっと忘れてしまったという。

もうじき食事も終わろうという段になってから、ふと、脇の電話を見て、

「あらーっ、なんで受話器がはずれてるの」

その間、友だちは、けなげにも、切らずに待っていたという。まさか忘れたとは思わないから、「きっと食事を出すだけ出して、戻ってくるつもりだろう」と。それにしては、やや長過ぎるし、皿小鉢を使う賑やかな音までする。

「なんてお詫《わ》びしたらいいか」

平謝りに謝ったが、情けないやら申し訳ないやらで、身が縮んだと言っていた。

まだある。彼女が知っている奥さん方と三人で、吉祥寺から、井の頭線の渋谷行きに乗ったとき。途中、下北沢で一人が、

「今日はありがとう。さよなら」

と挨拶して降りた。これが、のちの伏線となる。

渋谷駅に到着するや、ホームへと、どっとばかりに押し出された。瞬間、彼女は、もう一人のいることを忘れてしまった。

混雑にさらわれまいと、ひたすら身をもがきつつ、改札目指して、一心に歩く。と、

「オオタさーん、オオタさーん」

はるか後ろで、自分の名を呼ぶ声がするではないか。

(しまった)。連れのいたことを思い出したが、まさか、

「ごめんごめん、あなたがまだ残ってたの、つい忘れちゃって」

とも言えない。

「離ればなれになってしまったから、このまま失礼しようかと」

かろうじて、その場をとりつくろったが、(このままでは友だち失くすな)と、われながら恐ろしくなったという。

彼女の感じでは、忘れるというより、その瞬間ぱっと別人格になるんだそうな。

「これこそ、老化ってことなのかしら」

と嘆く彼女に、「いいや、私はそれは、年のせいじゃなくて、思考パターンなんだと思います。私なんかもそうだけど」。

ひとつのことがあると、頭の中がそれのみでいっぱいになる。ふたつのことが同時にできないというか。

「つまりそれだけ、集中力があるってことですよ」

と言ったが、同病相憐れむの感がしないでもない。

渋谷駅の件を話して以来、彼女の夫は、腫れ物にさわるような態度に変わり、

「お、お前、くれぐれも火の元にだけは気をつけてくれよ」

恐る恐る注意を与えるようになったということだ。

夜の「接吻」

夜九時半頃、通りでタクシーを降りた私は、一方通行の道をアパートへと歩いていた。アパートまでは七、八十メートルの直線だ。

四十メートルほど先を、高校生とおぼしき男女がのろのろと歩いていた。暗いのでよくはわからないが、男は長髪、サッカーバッグらしきものを肩にかけ、女はミニ丈の制服のスカートに、ルーズソックスという、いかにも今どきの高校生ふうである。

などと観察していたら、ふたりは突然立ち止まったかと思うと、男が女の顔に、がばとばかりにかぶさった。

びっくりした。ドラマではなく生の男女が接吻《せっぷん》するのを見るのは、はじめてだ。しかも、高校生である。

私はひるんだが、別に私が悪いことをしているわけではなし、そのまんまの歩調で進んでいった。

ところが、ふたりはいっこうに離れる気配がないのである。道のどまん中で、顔と顔をくっつけ合ったまま。

私は、ひと昔前のお巡りさんのように、「おい、こら、君たち離れなさい」とは、もちろん声には出さなかったが、足音をなるべく高く響かせながら近づいていった。

それでもだ。

向こうから一台、車が来て、ヘッドライトで照らしていったが、ふたりはなおもくっついたままだった。

週刊誌によく、「今どきの高校生は、人目もはばからずにべたべたする」と書いてあるけれど、ほんとうだなと思った。何ごとにおいても、自分たち以外の人間は、眼中にないのである。

おばさん根性を出して、追い越しざまに睨《にら》んでやろうかとも思ったが、へたにじろじろ見て「いやらしい大人」などと言われるのもシャクなので、そっぽを向いて通り過ぎた。

それでも気になるから、二十メートルほど過ぎたあたりで、振り向いた。

するとふたりは、なんとまだ接吻を続けているではないか。ずいぶん長い。さらに驚いたことには、街灯に照らされた女の頰《ほお》が、中はほとんど真空状態になっているのではと思うほど、すぼまっていたのである。

胸の中で、怒りの拳《こぶし》を上げた。

（こらあ、高校生のくせに、そんなに吸うな）

と言いたかった。それから不安になった。あのままでは息が詰まってしまうのでは。いくらなんでも長過ぎる。もしかして、ふたりとも初めてで、何かの本で「接吻は吸うものである」との知識を得、今まさに実践しているところなのではないだろうか。

アパートに着く直前で、ふたりが離れ、ほっとした。窒息はしなかったのだ。まったく今の高校生は、進んでいるのかウブなのか、わからない。

「老婆心」に悶々《もんもん》とした夜の帰り道だった。

主婦の「時間」

私の暮らしは、基本的に家にいる生活である。仕事場というものはなく、家で書いている。一日の流れは、だいたい次のようになる。

起きてから午後一時半頃まで、仕事。お昼を作り、食べ終わったあと、またひと仕事してから、三時半か四時頃、夕飯の買い物に出る。銀行や郵便局へ行く用事があるときは、もう少し早めに出かけ、たまには喫茶店に入ったりする。

つまりは、あれだ。外に出るのはほとんど、主婦、しかも子どもが手を離れた中年の主婦と、同じ時間帯なのである。

この中年の主婦というと、世間からはどうも受けが悪い。ひとことでいえば、「お喋りで、のろい」と、されるのだ。

洋菓子店などでも、彼女らが冷たくあしらわれているのを、しばしば目にする。

「ええとね、このクレーム何とかっていうの、この右はしのを五つ」

で決まりかと思うと、

「あら、これお酒が入ってるの。じゃ、だめだわ、ごめんなさい。いえね、ちょっと知り合いのところにさし上げるんだけど、そこのうち、小さなお子さんがいるもんですから」

若い女の店員は、うんともすんとも言わず、むすっとした顔をしている。小鼻がぴくぴくとふるえていて、

（あんたの知り合いに、子どもがいようがいまいが知ったことか。「何をいくつ」とだけ言え、早く）

と、イライラが頂点に達しているのがわかる。

「話をしていい相手と、そうでない相手の区別がついていない」「これだから、社会的経験のない女は困る」などという、非難の声が聞こえてきそうだ。

けれども私は、彼女らのお喋りに、救われた経験の方が多い。

例えば、歩道で。早足で歩いていると、凹《くぼ》んでいるところがあったらしく、突然つんのめりそうになった。向こうからきた女の人と、視線が合ったまま急にがくんと下がったので、ふつうならバツの悪い思いをするところだったが、すれ違いざま彼女はなぜか、

「そうなのよね、ここ結構凸凹《でこぼこ》があるのよねえ」

とフォローしてくれた。

駅の構内を走り抜けようとして、スターンと、ものみごとに滑って転んだこともある。そのときも、まわりにいた何人もの主婦とおぼしき女の人が、「あらー、だいじょうぶ」と、すかさず集まってきて、

「最近の靴は、滑りやすいのよねえ」

「かかとが低かったからよかったのね。この前なんて、こーんな高い靴履いたお嬢さんが目の前で転んで、救急車がきたわ」

と、ひとしきり靴談議になった。あれなども、誰も駆け寄ってきてくれなかったら、痛いのをこらえながらひとりで立ち上がり、さぞかし気まずい演技をしなければならなかっただろう。

お米までもらったことがある。例の平成米騒動の年。店先から米という米が姿を消した一週間があったが、わが家の台所にも、文字どおりひと粒もなくなっていた。米屋から米屋と足を棒にして歩き回り、疲れ果てて喫茶店に入る。

そこの店の奥さんと、たまたま米の話になり、

「ない、ないってテレビで言ってるけど、どうなのかしら」

「ほんとうにないんですよ、私なんて今、五軒も」

と世間話のつもりで言ったところ、ランチのライスにするためのお米を、二キロ分けてくれたのだ。

主婦のお喋りには常々助けられているためか、この頃では若い人が肩がふれそうになっても何も言わないのを見ると、かえって不気味に感じたりする。それだけ私も「おばさん」になった、ということだろうか。

年貢の納め時

パソコンの時代とか。が、私は今いちピンとこない。自分にとって、メリットがあるのかどうか。

仕事でいえば、ワープロとファックスで、じゅうぶんに成り立っている。むしろ、パソコンの操作ミスで、原稿が消えてしまうことの方が怖い。

というわけで、どれだけパソコン派が増えようが、私には関係ないと思っていた。

ところが、ある日、連載している月刊誌の人から、電話があった。

「実は、新年度からわが編集部も、フロッピー入稿になりまして」

フロッピー入稿は、これまでも単行本のときにしている。原稿を何百枚もの紙にプリントアウトする代わりに、フロッピー一枚ぽんと渡せばすむというもの。そこまでは、私もわかる。

が、次にその人が言うことには、

「岸本さん、Eメールはありますか」

「は？」私は聞き返した。

「あのう、すみません、それは何でしょう」

「今お使いのは、パソコンですか、それともふつうのワープロですか」

相手の人は、私向けにそう「翻訳」した。

私は瞬間的に、ワープロのコードを、ファックスの電話回線につなぐことを考えた。が、トンチンカンなことを言って恥をかくといけないので、「ふつうのワープロです」。

「そうですか」受話器の向こうの人は、気の毒そうな声を出し、「それでは、お手数ですが、フロッピーをお送りいただけませんでしょうか」。

パソコンがあると、うちのパソコンから先方のパソコンへ、ダイレクトに行くらしいのである。

（しかしなあ）、ダンボール箱の一部を、カッターでぎこぎこ切りながら思った。

「お手数」であることは否めない。フロッピーを送るとなると、割れないようにダンボールに挟み、水に濡《ぬ》れても困るから、さらにビニールで包んだ上、封筒に入れ、宛名《あてな》書きする。しかも、ファックスなら家にいて送れるものを、わざわざポストまで入れにいかなければならないし、配達に日もかかるため、締め切りが二、三日早まるのと同じだ。

「お手数」は先方も同様である。フロッピーは、とかく扱いに気をつかう。間違いがあるといけないから、たしかに受け取った旨、連絡し、コピーをとって、すみやかに送り返さなければならない。内心、

「岸本葉子も、早くパソコンにすればいいものを」

と思っているのではなかろうか。

一社や二社ならまだいい。が、今後こういうところばかりになれば、フロッピーの梱《こん》包《ぽう》作業だけで、ひと月つぶれてしまう。「パソコンでないために、あちこちに手数をかけまくっている」というプレッシャーも相当だろう。

次にワープロを買い替えるときがきたら、そしてそのとき、ワープロよりパソコンの方が安くなっていたとしたら、この私もパソコンに転向せざるを得ないのではなかろうか。

そろそろ覚悟をしはじめている。

リュックも気の毒

リュックが流行らしい。男も女もしょっている。

あれはあれで、ひとつのファッションなんだそうな。ミニスカートにリュックなんてスタイルもざらだ。

たしかに、あれは楽だろう。右手に袋、左肩からショルダーバッグを下げ、さらに左手で吊《つ》り革《かわ》につかまらねばならない私としては、本が読みたいときなど、つくづく羨《うらや》ましく、

（私もひとつ、ああいうのを買おうかな）

と、年がいもなく思ったりする。

車中読書に限らない。本三冊なら三冊を運ぶにしても、ショルダーバッグよりリュックの方が、肩凝りははるかに少なくてすむだろう（このへんの動機からすでに、若者とはかなり違っていたりする）。

が、はたのものにしてみれば、あれほど迷惑なものはない。何たって、背中が出っぱる。その分、どうしても場所ふさぎになる。電車の中でも、ひとりでふたり分とっている。通路なんて、通れない。

それでもって、リュック人間にはなぜか、ヘッドホンカセットをしている人が多いのだ。「すみません」「すみませーん」と声をかけても、彼らの耳には届かない。しかたなしに、実力で押しのけて通るが、彼らはけっして、リュックを下ろそうとはしない。押されたらただ、その反動でもって、元に戻るだけである。どんなに込んでいたって、そうだ。

彼らのせいで、苦しい体勢を強いられる私としては、

(こ、こんなときくらい、網棚に上げるか何かしろ)

と心の中で叫ぶ。

いったいに彼らには、後方に対する気づかいというものが欠けている。自分のリュックが、いかにじゃまになるかが、わかっていない。「空間的想像力」の欠如と言おうか。

むろん、世の中甘くはないから、彼らだってしょっちゅう押されたり小突かれたりしているはずだ。それでも全然めげないのは、あまりにいつものことなので、押されようが何されようが、何とも感じなくなっているのでは。

降りるときなど、ドアロの人々の間に、リュックだけ引っかかってしまっている。それをまた、ぶんぶんとぶん回しながら、振りほどいて降りていく。人に当たろうが何しようが、お構いなしだ。ああなると、リュックも気の毒である。目を後ろにつけろとは言わないが、（もう少し、リュックの分を計算しろよな）くらいの文句は言いたくなる。

この前は、ひやりとすることがあった。

学生ふうの男の子が、駆け込み乗車してきたが、背中ぎりぎりでドアが閉まり、リュックが挟まってしまったのだ。自分で手を伸ばしてこじ開けようにも、ま後ろなので、どんなにしても届かない。あおむけになった虫のように、腕をばたばたさせるばかり。

まわりの人が寄ってたかって引っぱって、どうにかこうにか抜くことができた。（危なかったー）。胸を撫で下ろした。あれでは、車掌さんが気づいて開けたら、かえってホームに引っくり返ってしまったに違いない。

ようやく走り出した電車の中で、

（空間的想像力がないのも、ときには危険でさえあるな）

と、しみじみ思ったことだった。

頭にカーラー

少し前、テレビで、女性アナウンサーによる「私の失敗」のような特集をやっていた。その中で、たしか北海道かどこかのアナウンサーが、話していた。朝の身じたくのとき、スカートをはくのを忘れ、ブラウスの上に春物の薄いコートをはおっただけで、カメラの前に立ってしまったという。

バレなかったんですか、の質問に、

「風があって、コートの裾《すそ》がかなりはためいてたから、スリップくらいは、たぶん映ってたと思います」

と言っていた。笑いながら語れるあたり、さすがスケールの大きい北海道である。

スカートをはき忘れるなんて、そんなことがあるのかと、男性は思うかも知れない。

が、もの忘れというのは、誰にでもある。

電車の中で、きちんとお化粧した若い女性が、前髪にひとつカーラーをつけたまま、膝《ひざ》を揃《そろ》えて座っていたこともある。あまりに堂々としているので、誰も何も言えなかった。

あれなども、鏡を見れば、目に入らぬはずはない。おそらく、（今日は前髪のできが今いちだから、出かけるまぎわまで巻いとこう）と思い、そのまま忘れたのだろう。

私もまた例外ではない。

ある日のこと。言い訳をさせてもらえば、その日は、とても慌ただしくしていた。午前中、近所に出かけ、いくつかの用をすませてから、いったん戻り、ハガキをしたためなどして、あたふたと着替え、午後二時にはまた、新宿まで出ることになっていた。

近くのポストに、ハガキを入れるべく、手を伸ばしたとき。

（腕時計をふたつしている）

袖口《そでぐち》から覗《のぞ》いたところに、三センチくらいの間をあけて、二本並んでいるのである。ふだんはめている革バンドの時計と、私が「外出用」と呼ぶところのブレスレット時計と。

私は、その革の方が、私の腕にたいへんフィットしていたのだと思いたい。ともかくも、その時計をして、ハガキを書いたり何だりした私は、そのことを忘れたまま、着替えるとき、もう一本してしまったのだ。

さすがの私も笑えなかった。二本めをするとき、ふつう気づきそうなものだ。これはもう、単なるもの忘れではなく、脳の老化とみるべきか。

急いでいたので、電車に乗ってからはずそうと、とりあえず駅へ向かった。私がさらにショックだったのは、新宿へ着くまでの間に、そのことをまた、忘れてしまったことである。

人と話しながら、何気なくわが腕にさわり、はっとした。

(そうだったんだ)

それからは、なるべく身ぶり手ぶりを小さくし、袖口から中が見えないように見えないように、注意していた。

とんだ恥をかくところだった。長袖だったから、まだいいようなものの。まあ、長袖じゃなかったら、いくら何でも、こうなる前に気づくだろうけど。

人間の脳細胞は、二十歳過ぎたあたりから、一日に二十万個ずつ死んでいくというけれど、そのことを実感する、この頃である。

3

「自分」のここが嫌い

自分の声は好きですか？

のっけから何だが、私は自分の声が嫌で嫌でたまらない。舌が長いのか、べちゃべちゃしているのだ。しかも高くて細い。早い話が「ブリッコ」の声なのである。

はじめて自分の声を聞いたときは、「ぎえーっ」と叫んで、のけぞった。

それはラジオの録音番組で、ラジオに出るなんてはじめてのことだったので、ひそかに楽しみにしていたのだが、音楽に続いて、自分の声が流れてきたとたん、浮き浮き気分から、まっ逆さまに突き落とされた。

（知らなければよかった）というのが、第一の感想であった。おのれは、生まれてこの方こんな声をして、人さまの前で、恥ずかしげもなく喋ってきたのか。

私は呆れ、当時親しくしていた男性に、「そもそも、よくこんな声の女と付き合う気になったものだね」と、本心からそう言った。「私なら、声だけで張り倒したくなるよ」。

男はハハハと口を開けて笑い、

「ま、気にしたって変えられるもんでもなし、仕方ないさ」

嫌な声であることを、否定はされなかったのが、二重のショックであった。以来、私は自分の声に関し、いっさいの幻想を抱かなくなった。

その後も、たまーにラジオに出ると、局の方が、あとからテープを送って下さることがあるが、その方々には申し訳ないけれど、封を切った例《ためし》がない。誤って再生でもしようものなら、畳の上をのたうち回り、たんすの角に頭をぶつけること必至である。苦痛を通り越し、ほとんど拷問に近い。

だから私は、電話というものが、かけにくい。息せききって話していても、ふと、（ああ、ブリッコに思われてるんだろうなあ）（バカだと思われてるんだろうなあ）と考えると、勢いをそがれてしまう。

仕事のときもそうだ。私は基本的には「商談」はパッパッと話を進めたい方である。また、

「ここまでをまあ、総論的部分とすると、ここからは各論に入りますが」

「今のことを具体的に実現していくとすると、どんな方法が考えられますか」

などと、いわゆる男性的な言い回しが多くなるのも特徴だ。

そんなとき、ちらとでも、（しかし、この声じゃなあ）と思うと、にわかにトーンダ

ウンしてしまうのだ。

私の母は、七十過ぎだが、この前訪ねたら、えらく悲嘆にくれていた。家の留守番電話に、外から吹き込むことがあり、そのときはじめて、自分の声を聞いてしまったという。

「べちゃべちゃして、まあ、嫌な声。がっくりした」

気の毒に、声は私に似たのである（逆か）。

「私に比べれば、全然いいって」

「あなたは、いいわよ。若いんだし」

「そんなことない。私は自分の声がいかにひどいか知っている」

お互いに、自分こそ嫌な声と主張し、譲らない。

しかし、自分で自分の声が好きな人なんて、世の中にいるんだろうか。

恥を〝書く〟

ワープロを使いはじめたのは、今から五、六年前のことだ。

「手書きか、ワープロか」論争が、さかんなりし頃。手書きにこだわる人たちからは、ワープロの害が、さかんに言い立てられた。

いわく、「ワープロにすると、文体が変わる」「漢字を忘れる」。

が、文体云々を言われると、

（こちとら、たかが機械ごときのせいで、書くもんが変わるほど、ヤワな人間じゃねえ）

という気に、かえってなる。そして、漢字については、これはもう、生まれたときから、とは言わないが、二十何年間書き続けてきたものである。頭が忘れようったって、手の方が覚えているに違いない。そうタカをくくってワープロにした。今では、字を書くなんて、宛名くらいのものである。

ところが。この頃、とっさに字が出てこないようになった。店の名などをメモするときだ。

向かい合って話していて、「じゃあ、その日の六時に、『菩提樹《ぼだいじゅ》』で」となって、その「菩《ぼ》」が出ない。とりあえず「ボダイジュ」とカタカナで記入する。もの書きなのに、字を知らないと思われては、みっともないから、相手には、なるべく見せないようにして。

なんというか、全体の形はわかるのだ。(こんなような感じの字だったな)というところまでは。が、棒が突き出るんだったかとか、何本かとか、細かい部分があやふやだ。「塵《ちり》」という字を書こうとしてワープロ使用者どうし頭を抱えてしまったこともある。

「ええと、下が何だったかな」

「こう、『鹿《しか》』って字に似てるんですよね」

ふたりして、ペン先をうにゃうにゃさせているばかり。「秘訣」を「秒訣」と書いて、気づかないまま、ファックスしてしまったことも。こういう書き間違いは、ワープロを使わない人には、まず考えられないだろうから、ファックスをもらった人は、(こんな字も知らないとは、岸本さんて、なんて教養のない人だろう)と思っているに違いない。「薔薇《ばら》」や「憂鬱《ゆううつ》」に至っては、今では、(とてもとても)という感じだ。

先日は、ある人に礼状を書いた。私はその会社から、たいへんに「いい仕事」をもらっており、「お次もぜひ、私めに」という下心から、ひとつ印象をよくしておこうと考えたのである。むろん「心をこめて」手書きをし、誤字がないかも、しっかりとチェックした。

その「お次」のとき。すでに名刺交換しているはずのその人が、あらためて名刺を出した。

「私の名前は、聡《さとし》といいます」

「聡」の「公」のところに、赤くマル印がされている。なんと私は、礼状の宛名を、「××恥様」と書いてしまったのである。まさに恥そのもの。

(ううっ、私のせいじゃないんです、みんなワープロが悪いんですう)

と弁解するわけにもいかず、顔じゅうを汗にして、ひたすら頭を下げる私であった。

「信念」の人

私は割とまめに傘を持ち歩く。出がけには空を仰ぎ、(ム?)と感じたら、天気予報が晴れと言おうが何だろうが、必ず持っていく。髪質のせいだ。

私の髪は、一本一本が細いのか、ちょっとでも濡れると、情けないくらいぺたっとなってしまう。パーマをかけたてのときなど、目も当てられない(聞くところによると、いわゆる髪の「薄い」人も、同じような理由で、雨には用心しているそうだ)。

むろん、ぽつりときたら、傘をすぐにさす。ところが、これがなかなかに難しい。まわりは、誰もさしていない。そこへ堂々と開くのは、かなりの勇気が要る。何ごとも第一号となるのは、たいへんなのだ。

みんながたたんでしまったあとに、さし続けるのも、同じことだ。

「あの人ったら、とっくに止《や》んでるのに、まださしてる」

と笑われそうで。気がつけば自分ひとりになっていて、内心、

（まだ降ってるんじゃないかと思うけどなあ）

と釈然としないものを感じつつも、こそこそとたたんでしまった経験は、誰にでもあるだろう。いったいに日本人は、傘をさすとき、「空を見ないで、人を見る」と言えるのではないか。横並びをよしとする国民性が、こんなところにも表れていそうだ。

家を出て、駅に向かい、百メートルほど歩いてみて、

（これはもう「降っている」と言わざるを得ないのでは）

との判断に限りなく近づいたとき、角を曲がってみたところ、そこから駅までのほぼ七百メートルの直線道路に、さしてる人がひとりもいなかったこともある。が、私の基準からすれば、あきらかに「降っている」うちに入る。ひるんだ末、思い切って開いた。むろん、五十メートルごとに傘から手を出し、雨を確かめるフリをする。

（私は、ただぼーっとして、たたむのを忘れてるんじゃありませんからね、「信念」をもってさしてるんですからね）

と、道行く人に示すのである（こういうのを、人は自意識過剰と呼ぶ）。

なんてことをしていたら、この前、やはり「信念組」の人に出会った。四十代男性で、この人は「ささない派」である。

なんでも、イギリスに何年だか何日間だか滞在していたとかで、

「向こうの人たちは、傘なんてさしませんよ」

というのが彼の説。そういう話をしながら、地下鉄の駅へと、ごいっしょしてるうちに、当の雨が降ってきた。

私はすかさず傘を開く。が、自分ひとりというのも気が引けるので、差しかけると、

「いいです、僕は慣れてますから」

そうこうするうち、ざーっと、視界をかき消すばかりの激しい降りになってきた。それでも彼は、睫《まつげ》から水を滴らせながら、「いや、いいです」と、頑として傘を拒み続けるのだ。

(雨は雨でも、イギリスのはきっと、もっと霧雨みたいなもんで、温帯モンスーン気候の日本では、同じようなわけにはいかないんじゃないかなあ)

と思いつつも、彼の信念を尊重し、ばらばらに地下鉄への道を歩んだのだった。

似た者どうし

私はどうも、人の名に関する記憶力が、極度に悪いようである。

今さっき名刺交換した人でも、すぐ忘れる。

さる会合でミヨシさんという女性を紹介され、一時間後には、「ミヤケさん、ミヤケさん」と連発しながら喋っていた。

家に帰って、バッグから転がり出てきた名詞で、ミヨシであることをあらためて知ったのだが、彼女はどう思っていたのだろう。話が盛り上がっていたから、

「いいえ、私はミヨシです」

とは口をはさみにくかったのだろうか。それとも、さっき名刺交換したばかりで、まさかもう忘れるわけはないから、自分の聞き違いであると、考えようとしたのだろうか。

会ったばかりの人でもそうだから、あとは推して知るべしだ。顔は覚えているのである。が、何さんだったかが、どうしても出てこない。

また別の会合で、二、三メートル先にいた女性と目が合った。向こうも、私を見るなりぱっと顔を輝かせたので、

「あらー」

「まー、どうも」

一オクターブ高い声をあげ、両手を広げて歩み寄った。ところが、いざそばに来て話そうとすると、どこの誰だかわからない。抱き合わんばかりに近づいていったというのに、

「ごめんなさい、失礼ですが、どちらでお目にかかったんでしたっけ」

当の相手に訊ねるという、かっこうの悪いことになってしまった。こんなふうでは、政治家になれないことだけは、たしかである。

似たような人間どうしだと、もっと悲惨なことになる。

私の知人で、ときに仕事の相談をしたりもする人が、ある人に引き合わせようと言ってくれた。「マツムラさんという人で、知り合いになっておくといいと思うよ。向こうにも、岸本さんのこと話したら、ぜひいっぺん会ってみたいと言っていた」とのことで、その知人が先方の会社を訪ねる用事のあるときに、私もついて行ってみた。

「こちら、マツムラさん」

「はじめまして」

「この人は、岸本さん。本を書いていて」

みたいな話を十分ほどしてから、マツムラ氏、しげしげと私の顔を見て、

「いやー、なんか前にお目にかかったことがあるような」

「私も、実はさっきからそんな感じがして」

半年ほど前に、まったく同じシチュエーションで話していた。私の知人は、同じ人に同じ人を二度紹介してしまったのだ。マツムラと聞いて思い出せなかった私も私だし、向こうも向こうである。

似た者どうし三人集まると恐ろしい、というお話なのであった。

乗っかりますか?

タクシーは、楽な乗り物とされている。

私にとってはむしろ逆だ。楽どころか、へんに気疲れしてしまう。

流しのをつかまえるときの、あの「さっと手を挙げる」というのからして、苦手である。作法がわからないと言おうか。

あまりまっすぐ、いきおいよく挙げるのも、先生の質問に答える生徒みたいでためらわれる。かといって、肩くらいで止めてしまっては、たまたま横断歩道の向こうにみつけた旧知の友に「やあ」と挨拶しただけだと、とられやしないか。

どこでつかまえるかも難しい。知り合いで「九州の田舎から出てきた」という男性は、タクシーに乗ろうとして、全然止まってもらえなかったそうだ。

「東京のタクシーは、田舎者をバカにしとる」

と憤慨していたが、よくよく聞けば、信号の下に立っていたとのこと。

「そりゃあ、お前、場所が悪過ぎるよ」「第一、お前が田舎者かどうか、運転手にわかるわけないだろ」などと友だち連中から、なぐさめられたり、いさめられたりしていたが、彼がそう思い込む心理は、私にはよくわかる。

行き先ひとつ告げるのも、「××へお願いできますか」などと、運転手さんに対し、へんにへりくだってしまう。運転手さんより年が若かったりするせいか、私にはどうも、（人に運転させるような分際ではない）という引け目があるようだ。向こうはそれが商売なんだから、こちらも客らしくしてりゃあいいものを。

それらの問題はことごとく、私が日頃タクシーというものに、乗りつけないことから生じる。自分のふるまいのひとつひとつが「サマになっていないに違いない」という、確信めいたものさえある。

決定的な問題は、私が道に疎いことだ。

自分が運転するわけじゃないんだからいいじゃないか、と言われるだろうが、そうはいかない。まじめな運転手さんほど「どう行きますか」と訊ねてくる。

ふだん電車の私は、東京じゅうどこへ行くにも、駅を基準とした道順しか知らない。環状八号線通りを、カンパチ、カンパチとみんなが呼ぶのを、寿司屋の名か何かと思っていたほどだ。環一や環九はあるのかとなると、今もってわからない。

「上、行きますか」の「上」が首都高を指すとも、知らなかった。同じ主旨の「乗っていきますか」という問いにも「？」。タクシーに乗っているのに、さらに何に乗るというのか。わからないから、すべて「はあ」と、あいまいにうなずく。

それでもって渋滞に巻き込まれたりすると、絶望的な気持ちになる。慣れないことをせずに電車にしておけばよかった。

運転手もまた運転手で、客より先に、もろに不機嫌になる人がいるのだ。「チェッ」「参るよなあ」と大げさに溜め息ついたり、舌打ちしたり。

すると、私は、まるで自分が渋滞に引きずり込んだかのような気になって、座席のすみで小さくなる。「月末だからしかたないですね」などと運転手さんの機嫌をとってみたり。

そうして、

(客はお前だ、バカッ)

と顔を赤くしてうつむき、自分をののしる。

この苦手意識を克服するためには、せっせと乗って、場数を踏むしかなさそうだ。

世間は狭い

私はときどき、すごく女性誌が読みたくなる。興味のあるのは何といっても、芸能人のお話だ。

私があまり快く思っていない横綱の妻の、ぜいたくぶりについての話題があれば、

「あらー、今度はまたどんなことをしてくれちゃったのかしら」

と読んで、できれば溜飲《りゅういん》を下げたいし、某男優と某女優が深い仲になり、男の方が離婚しそうだと書いてあると、

「ンまー、あんなまじめそうな人が。男ってわからないものね」

「奥さんには赤ちゃんが生まれたばかりだというのに、そんなことがあるのかしら」

と真相を知りたくなる。

私は「世間は意外と狭いもの」と常々感じているために、めったに人の悪口を言わない。どんな形で自分に返ってくるかわからず、怖いからだ。が、女性誌を読みたくなる

とき、私は自分の中の「噂話《うわさばなし》の本能」みたいなものに気づく。少なくとも私には、「あんなくだらないもの、読む価値ありません」とは口が裂けても言えない。なのに、なぜ買わないか。

購入するとブツが残る。「噂話の本能」による欲望が満たされたあとも、欲望を満たした行為の証拠が突きつけられる。私の場合、そのためらいから買わないようだ。おのずと美容院か銀行で、となる。が、読みたい記事のあるときに限って、ちょうど髪を切ったばかりだったりするものだ。銀行は銀行で、実はあのテの雑誌がもっとも競争率が高く、前の人がようやっと置いていってくれたところで、「岸本さーん」と窓口から呼ばれてしまったり。

そうなると、あとは本屋。雑誌類が外に出ていて、立ち読みにもってこいの店が、近くにあるのだ。

私は基本的に、書籍雑誌が売れてくれなければ困る立場の人間だから、立ち読みをすることについては、かなり忸怩《じくじ》たる思いがある。

（読み終わったら、中に入って本も買いますから、ちょっとだけいいでしょ、ね、ね）みたいな気持ちで読む。しかし同じ店であまり続けてやると、またあの女だ、となって、よろしくない。

先日は、たまたま隣の駅まで出かける用ができた。その駅ビルの本屋は、常に立ち読みの人がたむろしており、

（よし、今日はひとつ場所を変えて、あそこで読んで帰ろう）

と行く前から予定に入れ、楽しみにしていた。

いつものように人がごちゃごちゃしているのを確かめてから、先に用事をすませてくる。ショルダーバッグをかけ直し、人々の間にいざ割り込もうとして、ぎょっとした。すぐそばのレジカウンターに、私がもうずいぶん前に某新聞に書いた「岸本葉子さんが読む今月の一冊」という書評の切り抜きが拡大コピーされ、私の書評なんてふつう貼《は》られることはないのに、堂々と貼り出されているではないか。

しかも、ふつう書評には顔写真なんて載せないのに、よりによってそれにだけは、歯並びまでしっかり映ったのが載っているのである。「世間は狭い」ということを、こんなところで思い知らされようとは。

逃げるようにその場を離れ、電車で帰ってきてから、いつもの近所の店に寄り、立ち読みをした私であった。

「痒さ」の教訓

その日、風呂に入ったのは夜の一時頃だった。湯ぶねにつかるとき、右の脇あたりがむずがゆいように感じたが、湯が熱いせいだろうと、気にとめなかった。髪を乾かし、そのまま寝た。

夜中の二時、痒さのあまり目が覚めた。寝ぼけ眼のまま、洗面台の鏡に背中を映してみると、(えーっ、何これ)。

右の肩から脇腹、背中にかけて、蚊に刺されたときのような腫《は》れが、無数に広がっている。点々と、首筋や左の脇にまで。

とっさに考えたのは、(食べ物だ)ということだった。この範囲の広さは、虫ではない。私はこれまで、食べ物でじんましんが出たことはなかった。が、虫だとしたら、こんなになるには何千回と刺さねばならず、それはとうてい不可能だ。

思い当たるのは、サンマである。夕飯に食べた中で、原因となりそうなものは、それしかない。サンマなんて、生まれてこの方、数えきれないほどの回数食べて何ともないが、たまたま古かったのか、あるいは突然体質が変わったのか。とにかく朝までに腫れがひくことを祈りつつ、軟膏《なんこう》をつけて寝た。

次の日は、朝から何人もの人と、次々と仕事の話をしなければならないことになっていた。その間も、痒くて痒くて、いても立ってもいられない。服の上からさわっても、凸凹がはっきりとわかる。治るどころか、だんだんに悪くなっていくようだ。

（これは、ただごとではない）。空恐ろしさに胸がどきどきしてきた。が、腹痛とかならいざ知らず、まさか、

「背中が痒いので、今日の打ち合わせは、なしにして下さい」

と言うわけにもいかない。夕方になり、ようやく皮膚科に駆け込むと、お医者さんはひと目見て、

「これは毛虫です。毛虫にかぶれたのです」

意外や意外。たしかに昼間ほんの十分ばかり、外の掃除をしたのである。が、症状があらわれたのは夜。この時間差をどう考える。お医者さんは、

「毛虫の毛が一本服についただけでも、こうなります」

風呂に入るのに服を脱ぐとき、ちくっとした気がしたが、あれだったたか。

人は痒さのために食欲もなくなるということを、はじめて知った。げんなりとして、箸《はし》をつける気になれない。三十八度の熱があっても、飯《めし》はしっかり食べる私が、である。これでも、毛虫のせいとわかったから、まだいいようなもので、食べ物が原因だったら、口にするものするもの、(これもまた、じんましんになるのでは)との疑いがつきまとい、もっと減退しただろう。

夜は当然、眠れない。寝不足の疲れと痒さとで、昼間仕事をしていても、集中力がなくなっていくのがわかる。たまらなくなると、服を脱ぎ捨て、シャワーを浴びた。熱さをこらえてじいっと湯を当てていると、背中全体で無数の虫がうごめき、のたうち回るようだ。腫れをさらに充血させるのはよくないかも知れないが、搔《か》きむしって皮膚を破ってしまうよりましだろう。それにしても、シャワーを浴びられる部分だったことは、不幸中の幸いというべきだ。これが耳の中だったりしたら、どうなるか。考えるだにおそろしい。

四、五日で腫れはひいたが、その間、体重は二キロも減ってしまった。

痒いというのが、こんなにつらいこととは知らなかった。しかも痛いとか苦しいとかと違って、今ひとつ悲惨さに欠けるところが、よけいつらい。人に訴えても、笑い話にされるのがオチだ。

思えば私も、花粉症やアレルギーの人のよき理解者ではなかった。人はその身になってみなければ、なかなか、わからないことがあるのだなと、しみじみと自分を省みたのであった。

人類の敵

近頃また、もの忘れがひどくなってきた。

麻婆豆腐《マーボーどうふ》を作っていて、いざ豆腐を使う段になり、冷蔵庫に見当たらない。

（おかしいな、たしか今日買ってきたはずなのに）

さんざんに引っかき回して、ふと目をやると、流し台のどまん中に、でんとばかりに置いてある。ついさっき出しておいたのを、もう忘れている。そんなことが、しょっちゅうだ。

傘なども、そう。前にだいじな一本を、電車の中に置き忘れ、あちこちの駅に電話をかけても、結局出てこなかったという、苦い経験が、私にはある。以後、自分ではかなり注意していたつもりだが、先日みごとに忘れてのけた。

あの件で、いっそう自分が信じられなくなった。ほかのことならともかく、こと、忘れものに関しては、人間は、「学習しない動物」と、いえそうだ。

この前、新聞を見ていたら、こんな広告が目にとまった。

「シマッタ！　と思う前に。忘れっぽい方に強い味方」

アンテナ内蔵の忘れもの防止器、その名も「ワスレナイン」。「ワスレナインで、人類の敵、忘れものを、未然に防ぎましょう」と呼びかけている。

（これだっ）と思わず切り抜いてしまった。しかし、常々感じているのだが、アイディア商品の名というのは、なぜみんな、こうも間抜けなのだろう。すべり止めの「スベラーズ」とか、家具転倒防止器「タオレーヌ」とか。フランス語ふうにしていることはしているが、もうひとひねり、あってもいいのではなかろうか。

話を戻すと、広告によれば、ワスレナインは、受信機と送信機でひと組になっている。両者の間が七メートル離れると、ブザーが鳴るという仕組み。スイッチを切り替えて、近づいたときに音がするようにもできるので、探しものにも役立つとか。なるほどである。

しかし、例えば傘にとりつけた場合。電車に忘れることはなくなるとしよう。が、家に帰り、玄関に置いたままにしておくと、ピーピーピーピーうるさいから、はずすか、スイッチを切るかしなければならない。

すると、出かける都度また、忘れずにとりつけるか、スイッチを入れ直すことになる。

この私に、そんなことができるだろうか。

あるいはまた、探しものをする場合。そのものに、たまたまワスレナインをとりつけてあったらいいが、確率は少ない。そして、(これは、のちのち探すかも知れない)などと前もって予測してとりつけるのは、ほとんど不可能である。探しものというのは、さきの豆腐の例のように、「何の気なしに、ひょいと」置いたときほど起こるのが、常だからだ。

そもそも、うまいことブザーが鳴ってくれたところで、私の場合、(ええと、この音は何の音だっけ)ということからして、思い出せないのではなかろうか。受話器をとってみたり、アラーム時計を叩《たた》いてみたり、うろうろするだけなのでは。

「人類の敵、忘れもの」という一行だけが、妙にリアルな広告であった。

傘は天下の回り物

先日、電車の中で、向かいに座った中年の男の人の傘を見て、

（まー、今どきめずらしい）

と思った。傘の柄に、名字のテープが貼ってあったのだ。黒いテープに銀色の字で「菊池」と書いてある。「菊池」のまわりは、同じく銀の四角で囲ってある。

ああいうテープは、久々に目にした。私が子どもの頃は、ちょうど今の判このように、主だった名字のものが、文房具屋で売っていて、うちにもひとつ買ってあり、学用品に貼りつけた。そういうものがあったことさえ忘れていたが、まだ販売はしていたのか。

いったいに、人はかつてほど、物に持ち主の名を明記しなくなった気がする。傘の場合は、特にそうだ。名を書く人は少ないだろう。

それは、とりもなおさず、豊かになったということか。

（傘の一本や二本、失くしたってそう惜しくない）

という気持ちが、どこかにあるからに違いない。

私もこんなことがあった。仕事上の会食で、最寄り駅がどこかもわからないような料亭に、おおぜいでタクシーで行ったとき。帰ってきてから、はっとした。

(傘がない)。あの店の傘立てにさし込んできたままだ。

店の名刺みたいなものをもらってきたので、電話番号はわかる。しかし、電車に乗って、そこからバスかタクシーでと、かなりたいへんそうだ。

(まあ、そうまでして取りにいくこともないや)

と、そのままになってしまった。こんな経験は、誰にでもあるだろう。

だからなのか、人の傘を持ってくることにも、皆さほど罪の意識はないようだ。

「ゆうべ、飲み屋を出ようとしたら、ざんざん降りで。しかたがないから、傘立てのすみっこにあったの持ってきたんだけど、結構いい傘なんだよね」

などという話をよくしている。私も料亭に置いてきた傘を思うと、咎《とが》めだてはできないというか、あのまま放っておかれるよりは、むしろ誰かがさしてくれた方が、罪滅ぼしになるくらいのものである。

が、中には、そうでない傘もあるのだ。私はまめに傘を持ち歩く方なのだが、そのために、この置き引き(と言うと言葉が悪いが)の憂き目にあうことも多い。

美容院で、ちょうどパーマの終わる頃降りはじめ、持ってきてよかったと、いそいそ傘立てに近づいたら、果たして、ない。気に入ってる傘だったので、店の人にこれこれこういう傘だと特徴を述べ、もしも返しにきた人がいたら、知らせてほしい旨話した。が、「はあ、はあ」と、いやいや電話番号は書きとるものの、

(たかが傘ごときで、何をそんな騒いでる)

くらいの調子。雨の中、かけたてのパーマがぐりんぐりんになるのを感じつつ、泣きの涙で帰ってきた。

人から借りた傘なのに、中央線の電車の席のはしっこにかけて、忘れて降りたこともある。ホームですぐに思い出したが、後のまつり。

駅員さんに聞いて、立川、高尾、豊田、八王子と、中央線の終点となっている駅に全部問い合わせたが、いずれも、「届いてませんね」という返事だ。

貸してくれた人に、後日謝りにいくと、

「しかたないわよ。『傘は天下の回り物』って言うじゃない」

よし悪しは別として、まったくその通りだなあと、彼女の説に心からうなずいたのであった。

意外な「私」

週刊誌の連載をしていると、人から、

「よくやってられますね」

と言われる。

「うかうかしてたらすぐ次の締め切りでしょう」

まったくそうだ。いつ忘れるか、われながらひやひやものである。

締め切りは火曜日だが、幸いそれは私の住む市の「燃えないゴミの日」にあたるので、比較的覚えやすい。それでも一度、忘れてしまったことがある。

祝日でゴミの収集がなかったせいもあるだろう。思い出したのは夜の十一時過ぎ。あわててファックスし、なんとかぎりぎりその日のうちに間に合った。しかし、その時間まで編集部からも何も言ってこなかったところをみると、向こうも忘れていたのだろうか。

そんなことがあるから、原稿はあらかじめ書いておくに越したことはない。そうでなくても、私も人間。冬の寒い時期には、風邪で倒れる可能性もあろう。知っている人が亡くなり、お葬式に行かねばならなくなることもあり得る。考え出すと、キリがない。

もの書きの人の中には、

「週に七日締め切りがないと、生きてる感じがしない」

などと言う人もいるが、私には「とてもとても」である。

私は自分を「今日できることも明日に延ばす」性格だと思っていた。締め切りという強制力がなければ、ものをやらないからだ。

が、連載をはじめてみて、その一方、自分がいかに小心者であるかが、よくわかった。たいていは、二週先の原稿まで書いている。一週分しか予備がなくなると不安だ。それとは別に「非常時用」と称し、もう二回分ためてあり、よほどのときでない限り手をつけてはならないと、固く自分に命じている。普通預金と定期預金のようなものである。

不安症は、しだいに月刊誌にも及んできた。月刊だとみんなだいたい月末の二十日から二十五日の間を締め切りとしてくるが、そんなにいっぺんにできるわけはない。前倒しして、ものによっては二週間以上前に書き上げる。

書いたら書いたで、今度はまた別の不安が出てくる。締め切りまでの間に、もし万が

一、火事に遭ったらどうしよう。原稿もフロッピーも焼けてしまったら。そう思うと、すぐにでも送ってしまいたくなる。さすがに、

「火事になると怖いので」

などと言っては、バカかと思われるので、

「締め切りのときちょうど出張で東京におりませんので、前もって」

とか、何だかんだ理由をつけて。相手からは、

「遅れて言い訳する人はたくさんいますけど、早過ぎて言い訳する人ははじめてです」

と笑われてしまった。ううむ。しかし、それも私という人間。

仕事の中で「意外な自分」を知る、ということもあるようだ。

4

「女」も見てるゾ

男の制服

私の勤めていた会社では、女子だけ制服があった。男女差別だなどといわれ、必ずしも評判のよくない制服だが、個人的にいえば、それのあるおかげで、どれほど助かったかわからない。

「何でも自由に着ていいですよ」となると、かえってたいへんだ。毎日同じものではすまないといった問題もさることながら、会社には女の目、男の目、あるいはまた上司の目と、さまざまな見方がある。男には受けのいい服でも、女の、ことに先輩からすると、

「遊びにいくわけじゃあるまいし。会社を何と心得るのか」

と、いうことになりかねない。

ある財閥系の商社に勤めていた友人は、

「とにかくまわりがハデで、合わせなきゃと思うと、お互いどんどんエスカレートしていって、とても金が続かないわ」

と嘆いていた。ブラウスひとつにしても、光る生地が主流だったりする。かといって夜の女ふうになってもいけないし、そのへんのバランスに実に気をつかうのだとか。自分ではほんの少し「冒険」をしたつもりが、とんでもない方向にはずれてしまうとも。服の趣味は人間性の表現である、などとされると、いよいよもって難しい。

そんなこんなに頭を悩ませずにすんだだけでも、制服はつくづくありがたかった。ともかくも楽だった（楽さにばかり流れていたために、社内恋愛ひとつできなかったんだという説もある）。

この頃では、会社によってはカジュアルデーなるものがあると聞く。サラリーマンにとっての制服ともいえる背広、それを金曜日なら金曜日と限って禁じ、「自由な服で出勤しましょう」という試みだとか。ある会社の例をテレビで紹介していたが、つくづく、

（たいへんだろうなあ）

と思った。ジーンズふうのデニムの生地のシャツの上に、ネクタイを締めていたり。何とかして「着くずそう」と努力しているようすがひしひしと感じられて、涙ぐましいほどだ。それでもって、若いコたちから、

「課長サンって、私服になると意外とダサいのね」

などと評されたりしたら悲惨である。

インタビューでは、カジュアルデー推進担当みたいな人が、

「服装を変えることで、発想の転換になればと思いまして」

と話していたが、その気持ちはわからないでもないけれど、背広を脱いだくらいで新しい発想ができるほど、仕事とは、なまやさしいものではないのでは。そもそも、背広を「画一的」というんなら、号令ひとつでみんなで背広をやめるのだって、同じくらい画一的なのではないだろうか。


逆に言えば、背広にネクタイだって、いくらでも自分を表現する方法はあるはずだ。そうそう捨てたものではない。

私用電話の男女均等法を

私用電話をかけやすいかどうかが、会社の居心地のよさのひとつの指標だと、ある本に書いてあった。

例として出ていた女子社員は、電話ばかりかファックスまで堂々と私用に使っていた。おいしい店情報でも何でも、

「会社に送ってー」

と言うのが、彼女の口癖だとか。

ところ変わればだな、と思った。そういう会社だったら、そりゃ居やすいわな、という感じであった。

私が勤めていたのは、堅いと言われる金融系の会社で、中でももっとも言動に厳しい人事部に所属していた。そこでは私用ファックスなんてもってのほかだし、私用電話も、かけるはおろか、かかってきてもビクビクものだった。

「あ、もしもし、葉子？　クラス会のことだけどさーあ、女子だけ先に渋谷で集まろうっていってんだけど、いーい」

なんて、思いきりくだけた電話がきても、こちらは、

「結構でございます」

「よろしくお願いいたします」

と終始よそよそしくふるまい、長話にならぬよう、なるべく早く切り上げねばならない。そうやって受話器を置いても、周囲の雰囲気が何か冷たーいのだ。へんに静まり返って、みんなして聞き耳を立ててたような気がしてしまう（というのは、考え過ぎか）。友人の方も気をつかって、何らかの会社名を言い、社用ふうにかけてくるようになった。が、営業でない部には、かかってくる会社なんて知れている。そこへいきなり、

「丸美屋（知る人ぞ知るふりかけの会社）の××と申しますけど、岸本さんいらっしゃいますか」

と、保険会社の人事部とはおよそ関係ない社名でくるから、かえってミエミエになる。そんなに私用電話が受けにくいなら、公衆電話に行って、自分からかければいいと思われるだろう。が、この「公衆電話に行く」というのがまた、たいへんなのだ。

私の部では、席を立つとき、どんなに短い用事でも、行く先を告げるのが、決まりと

なっていた。トイレなら、「洗面行ってきます」と。まったく、嫁入り前の女にまでトイレに行くことを、いちいち宣言させるのだから、会社というのはすごいところだ。

そんなふうだから、公衆電話に立ち寄るチャンスなんて、いつあろう。トイレタイムが、十分も十五分もかかってはおかしいし。

シャクにさわるのは、そういう女子社員をよそに、男の人は結構、「これから出るから。うん、会社」などと、部下の女たちが聞いたこともないような、でれんとした声で、自分の席の電話から「帰るコール」をしてたりすることだ。

私用電話の機会も、「男女均等」にしてほしいものである。

「失礼ですが、どちら様ですか」

同期の女性は、秘書課に配属されたとき、

「何が困るといって、役員さんたちからの電話をとるときほど、困ることはない」

と、こぼしていた。会社には、専務、常務と、八人くらいの役員がいたが、その全員が、「ボクだけど」と言ってかけてくるのだそうな。

いくら役員さんとはいえ、同じ年ごろの同じ男性。初心者の彼女には、声だけではそうそう判別できない。かといって、向こうは、

「ボクを知らない人間がいるはずはない」

くらいに思っているから、まさか、

「あなた、どなたですか」

と訊ねるわけにもいかず。半年ほどして、八人のうち六人まではなんとか、わかるようになったが、神のいたずらというべきか、兄弟ではと思うくらい声の似た常務が二人

いて、その二人だけはどうしても区別できず、「状況判断」によるしかなかったという。

「あの『ボクだけど』には、ほんと泣かされるわ」

似たような話を、逆の立場から聞いた。とある会社で部長を務める男性だ。彼の先輩で役員まで務めてリタイアした人が、たまたま会社の近くまで来たので、久々に後輩たちの顔でも見ようと、訊ねてみた。

ビルの入り口で、受付嬢と目が合ったが、以前ならにっこり笑って頭を下げてくるところを、何の反応もない。それどころか、エレベーターに向かう彼を呼び止め、

「失礼ですが、どちら様ですか」

「ボクだよ、ボク」

「どちらのボク様でいらっしゃいますか」

受付は、総務部の入社三年までの女性があたるので、この受付嬢、すでに会社を去って久しい彼のことは、知らないのだ。愕然《がくぜん》とした彼は、うなだれて帰ってしまったという。

こんな話もある。会社のビルの二十二階は、部長以上だけが使うことを許された特別喫茶になっており、眺めがたいへんすばらしい。毎朝必ずここでコーヒーを味わい、ひとときを過ごす人もいるほどだ。そして、そういうときの席は、おのずと決まってくる。

あるとき、やはり久々に訪ねてきた先輩が、足を踏み入れるや、立ち止まった。彼が長年「指定席」としていた窓際で、見知らぬ若いの（と言っても五十くらいだ）が三人で、楽しげに談笑しているではないか。彼と目を合わせても、席を譲るようすもない。

かっときた彼は、つかつかと近づき、叱りつけた。

「き、君っ、ここは俺の席だ」

われに返ったあと、彼がどんな思いにとらわれたかは、詳述するまでもない。もの言えば唇寒し秋の風。

「その二件があってから、私も定年後の生き方を考えるようになりました」

あと何年かで定年を迎える部長は、しみじみとそう語るのである。

借りてきた本

市の図書館を、たまに利用する。本を借りるのだ。

その話をすると、

「ええっ、私、本だけは絶対買って読む」

と言う人が結構多い。

「だって、どんな人がさわったかわからないのに、気持ち悪いじゃない」

そう言やそうだが、すべての本が書店にあるとは限らない。だいたい、今の書店は、新刊本か、よほど売れる本しか買えないようになっている。そもそも、どんな人が云々を言い出したら、お金なんてさわれないではないか。

とはいえ、借りてきた本は、やはり気をつかう。何よりも「ながら読み」ができない。

私はふだん、コーヒーを飲み、ひと粒チョコを舌の上で溶かしながら、本をめくるのを「至福」としている。そのチョコを、まずあきらめねばならない。必ずや、ページのはしを汚すからだ。むろんそこには、カビくさい本にふれた手で、食べ物を口に放《ほう》り込むことへの、ためらいもある。

コーヒーも、万が一倒すといけないから、けっして同一平面には置かない。本が机の上としたら、カップの方はお盆に載せて椅子《いす》の上、というように。

湯気でべこべこになるから、お風呂の中で読むのもだめ。寝床に引き入れるのも、よだれをつけるおそれがあるからだめと、かなりの遠慮があることは、たしかだ。

ところが、この遠慮というのを、まったくしない人がいる。図書館の利用者の中にだ。綴《と》じ目《め》のところに、

(これはもしや、せんべいのクズでは)

と思われるものが、挟まっていたこともある。見た感じ、せんべいクズに似ているが、フケが詰まっていたことも。髪の毛まであったから、よほど掻きむしったようである。本を読んでいて、そういう心境になるのはわからぬでもないが、せめてちゃんと払い落としておいてもらいたい。

鼻毛が十本、フリガナのように縦に並べて貼り付けてあったときは、さすがの私も、先を読む気になれなくなった。

傍線が引いてあるなんざ、もうざらだ。だいじなところだけなら、まだしも、すべて

の行にえんえんと引いてあることも。

（いちいち線を引かなきゃ、読めないのか！）

と言いたくなる。

この前借りた漢詩の本も、ひどかった。韻だか何だか知らないが、字のひとつひとつのヨコに、「。」や「・」がつけてある。

挙げ句の果ては、

「同じ語が二度使はれ、それほどの詩とも思はれぬ」

などと、寸評まで記してあるのだ。「思はれぬ」のは勝手だが、皆の本に書かないでほしい。

しかしなあ。こういう人たちって、わざわざ借りてまで本を読もうとするくらいだから、いちおう「教養人」のはずだろうに。

教養よりも「公衆道徳」を先に身につけてもらいたいものである。

ケイタイの不気味

私がよく行く喫茶店の入り口に、見慣れぬ貼り紙が出た。

「店内での携帯電話のご使用は、ご遠慮願います」

ホテルのロビーだけでなく、こうした町のはずれの小さな店にまで、「携帯お断り」の波が及んでいるとは。

携帯電話の普及に比例して、締め出しもどんどんきつくなっているようだ。逆に、これほどあちこちで嫌われているにもかかわらず、それでもまだ広まる勢いなのが、不思議な感じがする。

私はといえば、携帯は持っていないし、話し声を聞かされるのも不快な方だ。新幹線の中だと「デッキでお願いします」という車内放送も味方するため、いよいよ分がある気になって、

「デッキでって言ってるでしょ」

と学級委員のように注意するか、車掌さんに告げ口したくなるほどだ（が、新幹線の中で携帯電話を使うのは、なぜか強面《こわもて》の人が多いから、たいていは言えずに終わる）。

それにしても、私を含めて人はなぜ、携帯を目の敵にするのだろう。

ひとつには、最初に使いはじめた人たちの、「品格」の問題があると思う。

出はじめの頃、私はあれを、

「どうしても急ぎの連絡をとらねばならず、人目をしのんで、こっそりと」

と、いったようすでかけている人を見たことがない。揃いも揃って、青山通りのまん中を、スーツの肩で風切って歩きながら、

「ボクだけど、何か来てる？　あ、そ。じゃ一発ファックス入れといて。ボクちょっとクライアント回って帰りますンで」

あの頃は、携帯を持っているやつが皆、間抜けに見えた。あれがまず、「ケイタイ」をカタカナ言葉にしてしまい、イメージを悪くしたことは確かだ。携帯電話にとっては、まことに不運なスタートだったと言わざるを得ない。

加えて、話している内容が、どうでもよさそうなことばかりなのだ。

「うん、うん、はははは」

天下の公道で笑い声を上げなきゃならない「緊急の連絡」が、どこにあろう。

そしてまた、やたらと声が大きい。聞こうとしなくたって、どうしても耳につく。

しかし考えてみれば、喫茶店でお喋りをしている人の間にも、声の大きい人はいる。ホン数にしたら、たいして変わらないかも知れない。が、こと携帯となると、ふつうの話し声よりよけい神経にさわるのは、なぜだろう。

思うに、あれには単なるうるささ以上に、人が生理的に受け付けない何かが、あるからではないか。

会話というのはやはり、人が二人以上いて、成り立つものだ。一人があぁ言い、それに対し相手がこう言ってと、はたの人間にしたら、うるさいことはうるさいが、会話の全体というか流れは、なんとなくわかっている。

携帯は、そうした流れも何もなしに、いきなり、「ははははは」だけが耳に飛び込んでくるのだ。異様である。

かつては、そういう一方的な会話が聞かれるのは、公衆電話と、そのまわりに限られていた。それが携帯の登場により、無制限になってしまった。「携帯お断り」の広まりは、それに対し、再び線引きをしよう、ということなのでは。

そのうち「公衆電話以外の場所での、携帯電話の使用は禁止」なんてことになるかも知れない。

音楽会の怪

常々謎《なぞ》に思っていることのひとつに、音楽会の咳がある。クラシック音楽のだ。私はそっちの方の通ではないので、たまにしか聞きにいかない。だからこそ、よけいにだろうか、あの演奏前後の咳が、耳についてしかたない。

開演五分前。客はだいたい席に着き、ざわざわと話し声をさせている。電気はまだ点いていて、明るいので、知っている人どうしが、「あーら、何々さん、しばらく」という感じの挨拶を交わしていたりもする。

開演二分前。話し声はしだいに引いていき、代わりに、コホン、と聞こえはじめる。コホン、コホン、コホンとそこここから、わき起こり、しだいに高くなっていく。

いよいよ、開演。電気が消え、あたりがすうっと暗くなる。このときだ、咳が最高潮に達するのは。コホンコホン、コーッホッホと、会場全体を埋め尽くす。

ほどなく指揮者が登場し、咳は拍手の渦にかき消される。それから数秒、咳をしたくてむずむずする喉《のど》をこらえているような静けさに、会場は満たされる。コホンとひとつ、こぼれるかというときに、指揮者がさっと腕を広げ、演奏がはじまるというわけだ。

ひとつの曲がすむとまた、いっせいに咳になる。鳴り止むまで、指揮者はけっして手を振り上げることはしない。まるで咳のとぎれめが、さあ、次の曲をはじめなさいとの合図になっているかのようだ。

はじめのうち私は、なぜ、申し合わせたように、皆が皆咳をするのか、不思議でならなかった。私はそれを、季節のせいではと考えた。音楽会は、秋から冬にかけてが盛んだから、風邪を引いている人が多いのではないかと。

その仮説を、音楽通といわれる人に話したところ、

「いや、クラシックファンというのは、そういう人が多いんです」

との答え。なるほど、彼の言わんとするところは、私にも想像がつく。思うに、クラシックの音楽会にくる人は、だいたいにおいてまじめで、常識的人間らしくふるまうことに価値を置き、エチケットやマナーを重んじる人が多いのではないだろうか。だから、

（演奏中は、けっして咳などしてはならない）

と、自らに厳しく戒めるのではないか。そうしてまた、してはならないと禁じたことほどしたくなるのが、人間というものである。厳粛を極めた儀式のさ中に、ふだんなら

何でもないことが突然たまらなくおかしくなり、笑いをこらえるのに必死だったというのは、誰にでもある経験に違いない。

それと同じで、音楽会というものは、その場にいるだけで、喉のむずむずを誘うのだ。

それだから、

（前もって、思うぞんぶん咳をしておこう）

と、いうことになるのだろう。それはまた、電車に乗る前のトイレにも似ている。山手線などの近距離電車などではそうでもないが、横須賀線や東海道線といった中距離電車に、一時間ほど乗るときは、

（その前に、ちょっとトイレにでも行っておこう）

となるのは、私だけだろうか。ふだん家にいたって、三時間も四時間も行かないことなどざらなのに、（一時間下車できない）と思うと急に備えがしたくなる。

咳も同じだ。別にふだんだって、人はそうしょっちゅう咳き込んでいるわけではない。しかし、トイレと違い、咳はあらかじめまとめて出しておけるというものでもないと思うのだが。

それでも、ひとりがすると、（そうだ、自分も今のうち）という気がして来るのは、「つられやすい」といわれる日本人的心理のなせるわざか。

外国の音楽会でも、はたしてこんなふうに咳をするのか、機会があれば一度聞いてみたいものである。

大股開きの理由

電車の中で、隣に座られた瞬間から、「あーあ」と溜め息をつきたくなる場合がある。「しまった」とひそかに悔やむ。

たいていは中年の男性である。

そこそこ空《す》いた電車の座席に、六人で腰かけていたとする。そこに男が乗ってくる。あの席は、もともと七人がけだ。私はどちらかにずれる。

その隙間に男は座る。そして「ぱかっ」と股《また》を開くのだ。

だんだんに、ではない。腰を下ろすや、ばねじかけにでもなっているかのように、九十度「ぱかっ」と開く。あとは堂々とふんぞり返っている。

むろん私と膝《ひざ》がくっつき合う。が、男はけっして閉じようとはしない。いきおい私はよけるようになる。そうして、私のスペース対彼のスペースが、もともと三対二ぐらいだったものが、いつの間にか二対三に逆転しているのである。

私の方が先に腰かけていたというのに、なぜこんなきゅうくつな思いをしなければならないか。男の足の間の広々とした三角形が恨めしい。それにしても男は、自分のところにだけそういうスペースがあるのを目にして、やましさも何も感じないのか。これではまるで私の方が、あとから無理矢理に尻《しり》をこじ入れた、図々しい女みたいではないか。

（ちょっとは、遠慮しろよな！）

と文句のひとつもつけたくなる。たしかに、足をぴったり合わせているのは、太腿《ふともも》に力を入れなければならず、つらいということはわかる。しかし、何も九十度まで開かなくても、と言いたい。あるいは、どこかの会社の偉い地位にある人で、座るというのはそういうものだと、思い込んでいるのだろうか。

などと考えていたある日、まったく同じ座り方をしている人をテレビで見た。「大相撲ダイジェスト・ハイライト」の北陣親方である。あの、やたらぺらぺらしゃべり、「何とかですねえ、はい」などと自分で自分の言葉にうなずいてみたり、「カメラ目線」もすっかり体得して、キャスターのようにしっかりとカメラの方を向き、ときにほほ笑んでみせたりまでもする、ふくふく顔の解説者、と言えばおわかりだろう。

「大相撲ダイジェスト」は「ハイライト」のときだけ、前が透けている机なのだが、その下で彼は大股開きで、解説をしていたのだ。

なるほど、と思った。あの腰かけ方は、地位ではなく、体型に関係しているようだ。
たしかに電車の中で九十度をやるのは、こう申しては何だが、小太りの人が多い。
ご存じのように、三角形というのは物を支えるのにもっとも安定した形とされている。
それと同じで、太った人は、座るとき、本能的に安定姿勢をとるのではないか。
何ごとにも理由はあるものだと、深く納得した次第である。

立体マスク

春になると、天気予報でも花粉情報を流す。そのたびに「ああ、またこの季節か」と胸がふさがる。

私は花粉症ではない。が、その数か月間は、とても気をつかう。

仕事でいろいろな人と話す。すると、花粉症の人が実に多い。こんなにもいるのか、と思うほど。十人に一人といわれるが、私の感じでは、三人に一人はいそうだ。

喫茶店に座っていると、打ち合わせの相手がマスクをしてやってくる。フィルター入りなのか、ものものしい立体マスクだ。両の目はまっ赤に充血している。それだけで、ただならぬ雰囲気だ。

話している途中にも、「失礼」と言って、何回となく鼻をかむ。見ているだけでも、気の毒なこと限りない。

かんだ紙は、捨てるわけにはいかないから、ポケットに入れる。ポケットは、すでにしてかなりふくらんでいる。

「駅ごとに捨てています。今ではもう、どの駅はどこにゴミ箱があるか、熟知してしまいました」

と語る人もいた。そう言えば、ホームのゴミ箱に身をすりよせ、体を傾げて、コートのポケットから、山のような紙クズを引っ張り出すサラリーマンがよくいるが、あの人たちも皆そうか。

ほかにも、話していると、突然くしゃみが出て止まらなくなる人。夜中でも息ができずに、ずっと寝不足の人。一見何でもなさそうな人でも、

「かなり強い薬でだましてて、眠くて眠くてしかたありません。この季節はほとんど、思考力ゼロです」

こうなっては、まさに「国民的病気」である。

そうすると、同じ花粉を吸っているのに私ひとり平気でいるのが、後ろめたいような気がしてくる。向こうも向こうで、

「ホースの水を鼻から通して洗いたいほどの、むずがゆさ」

「目玉をはずして、洗面器につけて、タワシでごしごしこすりたいくらい」

などと説明してくれつつも、

（そうは言っても、あなたにはこの苦しみは絶対にわかるまい）

と思っているのが、ありありなのだ。

しかし、それほどつらい病気でありながら、医者にかかったという人に、私はまだお目にかかったことがない。今は注射でかなりやわらぐそうなのにどうして、と聞くと、ひとえに「面倒だから」と言う。

「つらいといっても、死ぬわけじゃないしね。ぶつくさ言いながら、ここをなんとか、だましだまし過ごせば、ゴールデンウイークくらいにはウソのように治るのが、わかってるから」

やはり人間、命に別状がないとなると、面倒臭さの方が先に立つものなのか。

だとすると、何回春がめぐっても、花粉症に苦しむ人は減りそうにない。

愛せない隣人

新宿から電車に乗ったときのことである。各駅停車のせいか空いていて、人々は乗り込むや、長い席の思い思いのところに座った。私もそうした。

膝の上で紙袋を抱え直したりしていると、七十近くとおぼしき男性が、左側からやってくる。そして私に、しっ、しっと、「向こうへ行け」みたいな手つきをする。

行けと言われても、はしっこに座っているのになあ、と思ってから、気づいた。左隣は空《あ》いているが、私のショルダーバッグの紐《ひも》がはみ出していたのだ。それをどけろ、ということらしい。

「あ、すみません」

慌てて引っぱると、男性は、

「まったく……」

と、ぶつぶつつぶやきながら憮然とした表情で、尻を下ろした。

私はあとから、むらむらしてきた。そりゃあ、紐が出ていたのに気づかなかったのは、悪いとしよう。が、こちらも腰かけたばかりで、紙袋をばさばさやっているくらいなのだから、(ちょっと待てよ)と言いたい。まだ体勢も整ってないんだからと。

それも、紐がじゃまならじゃまで「どかして下さい」なり何なり、ちゃんと言えばいいのである。しっしっと、追い払うようなしぐさをされては、(犬じゃないんだ)と言い返したくもなろうもの。

ファミリーレストランでバイトをした経験のある友人は、あの年頃の男性は、苦手な客だと話していた。お代わり自由のコーヒーサーバーを手に回っていると、後ろからものも言わずに背中をど突き、カップを指さしている。そういう人が多いそうだ。「男は黙って」みたいな教育を受けたせいだろうか。

難しいものだ、とつくづく感じた。高齢者にやさしい社会を、と言われ、私も総論賛成だが各論となると、

(なかなか、きれいごとでは行かないわな)

というのが、実感だ。老人の中でもやはり、席を譲りたくなる人とそうでない人がいる。それからすれば、あの男性などは、意地でも譲りたくなくなるようなタイプである。

新聞で読んだ、記者のコラムを思い出した。アメリカの国内線旅客機に乗ったところ、

隣の席にやってきたのは、「超」が三つくらいつきそうな、肥満体の男性。肘《ひじ》かけの間にどうにかこうにかおさまったものの、上半身も下半身も、完全にはみ出している。記者の体は窓に押しつけられ身動きもできないまま。しだいに腰が痛くなる。それを知ってか知らずにか、隣の男は飛んでいる間じゅうジュースやクッキーといった甘いものを、精力的に飲み、かつ食べ続けていた。

（なんじの隣人を愛せよ、と言われてもムリだな）

記者はしみじみ思ったそうだが、電車の中での私も、似たような心境だった。高齢者にやさしくと言うはたやすい。が、

「じゃあ、あなた、紐をどけさせて座ったその男性の、下の世話ができますか」

と訊《き》かれたら、「うーむ」と言葉に詰まる。高齢者といっても、ひとりひとり別人格だ。自分と合わない人、感じが悪いと思う人もいるだろう。そういった好き嫌いや、快不快をどれほど超えられるのか。

先日は、地下鉄の乗り換え駅で、直角方向から来た男性とぶつかりそうになった。六十代後半とおぼしき人だが、すかさず手を出し「お先にどうぞ」というしぐさをする。みごと、というほかないタイミングだ。

「いえ、どうぞ」

遅ればせながら譲り返すと、

「じゃ、ありがたく。失礼」

と、歌手の藤山一郎のようなさわやかな笑顔で、前を横切っていった。

人はいろいろ、という当たり前過ぎるくらい当たり前のことを、あらためて思う日々である。

割り勘

とある和食屋で、三人で食事をしたときのこと。

七人がけのカウンターとテーブルひとつの狭い店だ。私たちはカウンターに腰かけた。

私の隣は、年の頃、六十代後半とおぼしき四人連れ。男一人に女三人という、組み合わせである。趣味を通じての友人のようだ。お年から想像するに「俳句の会」あたりだろうか。ときおり朗らかな笑い声を上げ、いかにも明るく、感じがいい。

（お年寄りが家にこもらず、こういうところで楽しく食事をするとは、いいことだ。私も年をとったら、ああいうふうになりたいものだ）

と、憧《あこが》れさえ抱いた。

ところが、四人が支払いをする段になって。どうやら女の人の一人が、他の人の分も先にすませていたらしい。その人を仮にA女とする。あとの三人は口々に、「いやー、そんな」「悪いよ、Aさん」。

そう言いつつも、その場はA女がもつことで、事態は収束に向かうと思われた。

ところが、ただひとりB女だけが、頑《かたく》なに拒んだのである。

「だめよ、だめ、だめ。いくらよ。言ってよ」

問い詰めていたが、A女が口を割らないとみてだろう。あろうことかB女は、矛先をなんと店の奥さんに向けたのだ。

「ね、ね、いくらか知らないけど、そのお金、この人に返してやって。そうでないと、アタシ、困っちゃう」

そう言われても、困っちゃうのは奥さんの方、

「どうか、皆さまの間で、うまくお話し合いになって」

なだめるが、B女はしつこく食い下がる。

「だったら、一人いくらかだけでも教えてちょうだい。その分、アタシ、この人に払うから、ね」

はたで聞いている私たちは、しだいにげんなりしてきた。ここまできたら、ふつう、

「じゃあ、この次は私がご馳走するわ」

となるか、あるいは、どうしても払わなければ気がすまないとしても、続きは店の外でするものではないか。店内はただでさえせまいのだから。

さすが「俳句の会」だけあって（と勝手に決めてる）言葉は巧みで、記憶の中の味が落ちちゃう」

「せっかくおいしいお食事だったのに、ご馳走になったと思うと、記憶の中の味が落ちちゃう」

などと、気のきいたようなことを言うが、記憶の味云々より、こっちの味を考えてほしい。

そもそも、なぜそうまでして、自分で払いたがるのだろう。人にはけっしてご馳走にならないことを、お付き合いの美学としているからか。

けれども、B女があくまでも自分で払うことにこだわったら、あとの二人は自分たちだけ、のうのうとご馳走になるわけにはいかなくなる。それはもはや礼儀ではなく、「自分だけ礼儀正しい人間でいられさえすれば、他人にどんな気まずい思いをさせてもいい」という、利己主義である。「礼儀正しい」人には、得てしてそういう例が多いような。

二十分ほどすったもんだが続いたが、店の奥さんが、このままではおさまりがつかないと判断したらしい。A女にいったんお金を戻し、四で割った額を、あらためて皆から集める。

自分の思いどおりの支払いがすむと、B女はにわかに陽気になり、

「ああ、おいしかった。ねえ、ご主人、アタシたち、お喋りだけど、またよろしくね」

（お喋りっていうのとは、違う問題なのだけれど）

威勢よく閉めていった戸を見つめ、店内の人はいちように溜め息をついた。

図書館の正しい使い方

市の図書館を利用しはじめて、いちばん意外だったのは、社会人の利用が多いことだ。私が行くのは、主に平日の昼である。主婦らしき女性や、定年後といった感じの男性がいるのは、わかる。が、あきらかにサラリーマンと思われる人たちも、結構目につくのだ。そして、そのうちの少なくとも三割は、どう見ても「本来の用」のためにきているのでは、なさそうである。

図書館は、一階が調べもの、地下一階が大人の本、二階が子ども向けとなっている。彼らがいるのは主として、一階の新聞、雑誌コーナーだ。窓に面して、日当たりもいい。彼らは肘かけ椅子にかけ、旅の情報誌など広げている。が、読んでいるというよりも、座る権利を得るために、読んでるフリをしているのだ。その証拠に、いつまで経《た》ってもページが同じままである。

まあ、図書館は市民の「憩いの場」でもあるから、いいのかも知れないが、彼らが手にしているのが、たまたま私の調べたい雑誌だったりすると、そうも言っていられない。

(どうせ飾りなんだから、何だっていいんでしょ)

と取り上げて、代わりに妊婦の雑誌でもあてがいたくなる。

彼らにすれば、公園のベンチでサボっているような感覚だろうか。たしかに、冷暖房がついてるぶん、公園よりましだし、パチンコ屋や喫茶店と違ってお金がかかるわけでもないから、時間つぶしにはよさそうだ。

彼らの姿は、地階の専門書のコーナーでもよく見かける。人の出入りが比較的少ないから、長時間いられると考えてだろう。が、考えることはみな同じらしく、椅子は常に、サラリーマンでいっぱいだ。

あるときは、子どもの階で目撃した。「植物図鑑」を熱心に読んでいるなと思ったら、かたわらの傘がすってーんと倒れ、彼は、はっとしたように飛び上がった。何のことはない、眠っていたのだ。

あえて児童書のコーナーを選ぶのが、かなりの常習者と思わせる。大人の階より、椅子の競争率が低いのを、知っての上のことだろう。

彼らには同情できる点もあるから、私はいちいち図書館の人に告げ口したりはしない。が、あまりしょっちゅういる人だと、心配になる。不況の折だ、

（この人、もしや、妻子には会社に行くといって出てきたのに、実は会社はつぶれてしまっているのでは）

と、気をもんでしまう。

この前は、コピー機のところで、背広の男性が忙しげにコピーをとっていた。「日本地名事典」ほか何冊かが積んである。私が後ろに並ぶと、ぎょっとしたように振り向いたが、何ごとか言い訳のようにつぶやきながら、せかせかと続きをとりはじめた。

よく見ると、必死になってコピーしているのは、ファイルにはさんだ計算書なのだ。おそらく至急コピーする必要が生じ、コピー機を探し回った結果、

（そうだ、図書館なら）

と、ひらめいたのだろう。わざわざ事典など引っぱり出してきたのは、「複写機の使用は、図書館の資料に限る」との決まりを、承知だからに違いない。

（まあ、一枚につき十円払うことには変わりないんだし、バレないうちに、さっさとやって下さいな）

心の中でそう言って、「武士の情け」で、見て見ぬフリをしたのだった。

5

「超」B級グルメ

ソバ屋にて

ある日の昼、私はとある駅ビルのソバ屋で、天ざるを待っていた。十二時には間があったので、店内には、私のほか、まだ客はいなかった。

そこへ、がらがらっと入り口の戸が開く音がし、中年の男の声が、「十一人だけど」。その人数に、私はつい、そちらを見た。年の頃は四十代から五十代半ばの、背広を着た、サラリーマンらしき一行だ。三つのテーブルに分かれて座り、テーブルごとにメニューを覗く。そのあたりから、私の目と耳は、ほぼそちらに向きっぱなしになった。(十一人もの注文が、果たして、混乱なく行われるだろうか)という興味である。

やがて、若い女の店員が、ペンを手にやってきた。

「天ぷらソバちょうだい」「あ、オレも」「じゃあ、オレは天ぷらソバ定食」

口々に頼み、わけがわからなくなりかけたとき、ひとりが、

「じゃあ、天ぷらソバの人」

と、自らも挙手をしながら、数え出す。

（なるほど）と私は思った。どこの集団にも、こういう責任感のあるヤツが、ひとりはいるものだ。四十をようやく出たくらい。一行の中では、いちばん年下である。

（この人は、控えめだけど、実はすごく「できる人」なのかも知れない。もしかしたら、会社の所長研修か何かの一行で、彼だけが、飛び抜けて若い所長なのでは）

などと想像をめぐらせた。が、その彼が数えているそばから、「あっ、オレも天ぷらソバ」と遅れて手を挙げるヤツがいる。それでもって、まわりから、

「お前は天ぷらソバ定食だろ。今は、ただの天ぷらソバ」

と「定食」に力を込めて、間違いを正されている。それでも、あれだけきつい言い方をされながら、「そうか、悪ィ、悪ィ」と頭を掻くあたり、その年にしては、素直といえる。かと思うと、

「ボクはええと、あれでいいや。その、なんとかセット」

と、五十代にして早くも「こそあど」言葉を連発し、

「セットは、三種類ございます」

と店員の女性に、冷たく言い放たれている人も。いろいろである。

そうこうするうち、私の天ざるができてきたので、しばらくはそれに没頭した。

彼らのテーブルに、天ぷらソバが三つ運ばれてくる段になり、私は再びどきどきした。このソバが、正しく配られるかどうか。

「天ぷらソバのお客さま」店員が、叫んでいる。「天ぷらソバのお客さまあ」。

「お前だろ」

「えっ、オレ、そうだっけ」

自分で何を頼んだか、忘れているのだ。

(典型的な図だなあ)と、つくづく思った。ひとつの集団があれば、こういうヤツがいる、ああいうヤツもいるというパターンどおり。それでまた、まとめ役を買って出た若いのようなタイプより、たしなめられて軽く謝っちゃう、さっきのおじさんなんかの方が、案外出世したりするから、わからないものだ。

せっかくだから、レジでの支払いがつつがなくすむかどうかまで、見届けたかったけれど、店が込んできて、出なければならなかったのが、心残りであった。

米を撒く男

平成米騒動といわれた年があった。騒がれ出したのは、冷夏の翌年の春。（このままでは、秋までもたない）と、皆して駆けずり回り、五キロ、十キロと買いあさった。それぞれが、わずかなツテを頼って、買いだめに奔走した。

うちでも、いったんは底をついた。ひとりなので、ふだんは二キロずつ、なくなりかけたら購入するようにしていたが、ある日買おうとしたところ、米という米が、店先から姿を消していたのだ。

ちょうど、輸入ものもまだ入らない頃。わが家に米が、文字どおり「ひと粒もない」という日が、十日ばかり続いた。

タイ米がまず出回って、ひと息つく。そのうちに、「ない、ない」と言いふらしたためか、秋田、新潟、富山出身の知人が、相次いで送ってくれて、にわかに「米持ち」になった。ピーク時には、タイ米、国産米、計十七キロも所有していたほどである。

そして、その年の秋の豊作。店には、新米が並んだ。

私も二キロだけ購入し、こっそりと炊いてみた。うまい。古米にはうしろめたいが、うまいのである。

米騒動のさなかに、「精白した米は、そんなに長く置いておけるもんじゃない。何か月かすれば、味は確実に低下します」と、まとめ買いに対し、警鐘を鳴らしていた人があったが、あれは正しいと思った。こんなにも違うのか。

だからといって、新米ばかり食べるようになってはいけない。何と言っても、「お米を捨てるな。罰が当たる」ときつく戒められて育った世代である。古米対新米、六―四の割で炊くことにし、しばらくは、食べ続けていた。

しかし、しかし、六―四がしだいに、四―六になり、三―七になり。たまには（新米十で食べたいな）という日だってある。そうするうちに、ますます古くなっていく。

ふた袋めの新米を買ってしまったとき、（ああ、これで私はもう、後戻りできないかも知れない）と思った。流しの下には、五キロの袋に半分くらい残っているというのに。

捨てることは、許されない。が、今ではもう、ほとんど食べなくなっている。私の心の中には、（古過ぎて、もう絶対に食べられない、というときがくるまで、あの存在を忘れていよう）という気持ちが、ひそかにあるのではないか。

ある日、近所を歩いていたら、家の窓から、初老の男の人が、花咲か爺《じい》さんよろしく、何やらぱっぱと撒《ま》いていた。スズメがそれを、さかんについばんでいる。

(人間、年をとると、小さい生き物がいとしくなるというのは、ほんとうなんだ。心温まる図だ)と、ほほえましく感じていた。

が、よくよく見ると、窓の下に散らばっているのは、なんと、お米なのである。

そう言えば、ときどき散歩する公園でも、やたらお米が撒いてあるのを、目撃する。

日本人は、いつからこんなに小鳥を愛するようになったのかと、思うくらい。米騒動の頃だったら、断じてなかったことだ。

(ずるい)と言いたかった。小鳥にやるんだから、捨てるわけではない、という理屈で、自ら手を汚す罪から逃れようなんて。

お宅では、あの春のお米は、ひと粒残さず召し上がりましたか?

岸本葉子さん御来店!?

食べ物屋でよく、「誰々さんが来た」ということを、売りにしている店がある。タレントではなく、いわゆる食通として知られる人だ。

あれはいったい、どんなもんであろう。果たしてどれくらい、信じられるか。

私がときどき通るところに、中華だかラーメン屋だかで、かの山本益博先生の顔写真が、ドアのガラスいっぱいに貼られている店がある。おそらく何かの記事の、拡大コピーだろう。その紙にさえぎられて、店内を覗くことができないほどだ。

あの店には、どうも入る気がしない。それとなく貼ってあるならまだしも、ああもデカデカとやられると、

（お前さんのとこは、ほかに自慢できるものがないのか）

と、疑いたくもなる。私に言わせれば、ああいうのは、注文もすませ、おしぼりで、（さあ、手でも拭《ふ》きましょう）というときに、（あら、この店、そうだったの）と知るく

らいがいいのであり、はじめからそれで客をつかまえようというのは、あざとい感じがするのである。

そう思っている私もつい、誰々さんが「来た」に、ぐらついてしまったことがあった。たまたま入ったうどん屋でだ。私はメニューを睨みながら、何にしようか考えていた。ほんとうは、ざるうどんが食べたい。いつか関西で食べたときの、おいしさが忘れられない。が、ふだんは、ざるは頼まないことにしている。いくら「手打ち」の看板を掲げていても、あの味にはとうてい及ばず、がっかりすることが、わかっているからだ。

そのとき、すぐ前に、小さな切り抜きが貼ってあるのが、目に入った。「東海林さだおさんも来店」とある。

東海林さんといえば、某週刊誌で食べ物に関するエッセーを、ずっと連載している方である。あの東海林さんも来たなんて。そういえば、この店ののれんも、「そば」ではなく「うどん」となっていた。関東では、めずらしいのでは。

もしかしたらここは、本格的な、関西ふう手打ちうどんを食べさせるのではないか。切り抜きが貼ってあるのが、カウンターの下というのも、ゆかしさを感じさせる。

「ざるうどん下さい」

声高らかに注文した。

その先は、もうご想像がつくだろう。関西では、冷水にとったうどんが一本一本、透き通った膜をかぶったように、つややかだった。が、ここのは、ただのっぺりと白いばかりで、表面もひび割れている。ゆで汁の中に放っておいたのではと思われるほどだ。コシも何もない。それでもって、カニかまぼこ、キュウリの千切りなどの、具が載っていたりするのだ。

（そんなことより、うどんそのものに気をつかえよな）

と言いたかった。東海林さんは、どんなつもりで、この店で食べたのか。

それから、気づいた。東海林さんは「来た」とあるだけで、おいしかったと述べたわけではない。一度来て、（しまった）と思い、二度と足を踏み入れなかった、ということもあり得る。

誰々さんも「来る」なら、別かも知れないが、過去形は信用ならないと、あのテの貼り紙に思うのだった。

黒ワッサン？

いつだったか、近所のパン屋で、ワゴンのところに、「新登場、シロワッサン一〇〇円」と書いた紙が貼ってあった。何だろうと覗いてみると、クロワッサンの形をしたパンを砂糖でコーティングしたもの。

（なるほど）と思った。白いから、クロワッサンではなく、シロワッサンか。誰が考えたのか知らないが、くだらないといえばくだらない。が、そのため、かえって覚えてしまうという、なかなかのネーミングである。

それから気になりはじめた。私はフランス語には明るくない（と言うより、まっ暗だ）が、クロワッサンというのは、少なくとも「黒いワッサン」ではないはずである。が、これを見て、そう誤解してしまう人がいるんではなかろうか。

不安は的中した。隣の市に住む知人から、

「うちの近くのパン屋で、オレンジワッサンというのを目撃した」

との報告が入ったのだ。

それによると、「オレンジワッサン」とは、クロワッサンの生地にオレンジの皮を練り込んだもの。さわやかなオレンジの香りがするという。このままでは、いまに日本じゅうに、いろいろな「ワッサン」が、登場するのではあるまいか。

外来語との付き合い方は、これで案外難しい。

私は、日本人は、外来語をアレンジすることにかけては、かなりのものだと思う。日本語と、あるいは外来語どうしくっつけたり何だりして、すぐになじむことができる。が、それだけに、その外来語がもとは何ものだったか、わからなくなるケースがありそうだ。新宿のとあるレストランに「レディース・プチ・セット　三五〇〇円」なんて貼り紙が出ていたが、あの「プチ」あたり危ないと、私は睨んでいる。「グルメ」なんて語にいたっては、もはや国籍を喪失した感さえある。

いつだったかは、シンガポールのホテルで、昼のレストランにいたら、日本人の、五十過ぎくらいの、恰幅のいい紳士が食事をしていた。

ネクタイを着用しているところからして、ビジネスの方の用向きと思われた。

その彼が、ウエイターに向かって、おもむろに手を挙げ、テーブルの上の空の皿を指

さし、

「パン・プリーズ」

と叫んだ。ウエイターはきょとんとしている。

日本人紳士は、もう一度、「パン」。今度はさっきより強くはっきりと、命令調で言った。それでも通じないとみると、首を傾《かし》げ、

「パン↘」

「パン↗？」

などとイントネーションを変えてみたりする。やがて、フンッと鼻息を吐き、憮然としたようすで、「このホテルは、英語も通じん」。

（そりゃまあ、つい「パン」とも言いたくなるよなあ。日本は、「ライスかパンか」なのだから）

気持ちはわかるだけに、複雑な思いで、お代わりの来ないままの彼の皿を眺めていた。

天ざるの恨み

読んで下さっている方々は、すでにしてお気づきのことと思うが、私は割と人の会話を、「盗み聞く」と言っては何だが、そういうようなことが多い。

耳をそばだてているわけではない。が、なんとなく聞こえてきてしまう。

言い訳をすれば、私は喫茶店でもどこでも、基本的にひとりで入るため、おのずとそうなるのだろう。自分でも、(まあ、あまり行儀のいいことではないわな)と思うから、せめて聞こえないフリを心がけるようにはしている。

が、そのために微妙な立場に立たされてしまうことも、往々にしてあるのだ。

この前は、例によってひとりで、うどん屋のカウンター席に座っていた。残暑の酷《きび》しい日だったので、天ざるうどんを頼んだ。ざるうどんに天ぷらの盛り合わせがつくというものである。

いただきますと、まさに箸を割らんとしたそのとき、「ああ、暑い」「汗びっしょり」。

ハンカチで賑やかにあおぎながら、中年の女性ふたりが入ってきた。私の隣に腰かける。

この店ははじめてらしい。それぞれに壁の品書きを振り返りながら、

「何にしようかしらね」

と言っていたが、私の天ざるのところで、ふたりの視線がはたと止まるのを感じた。

「おいしそうじゃない？」「そうね」と、ひそひそ話し合っている。そして、もういちど品書きを見、わが意を得たりというように、声高らかに言い放ったのだ。

「天ぷらうどん、ふたあつ」

ああっと、私は心の中で叫んだ。私は知っている。彼女らの注文したそれは、熱々のつゆうどんに天ぷらが載っているという、天ざるとは似て非なるものなのだ。

私は悶々とした。「あのう、失礼ですが、私の食べているのは天ざるです」そう教えてあげるのが、「惻隠《そくいん》の情」というものではないか。

が、それは「おタクらの会話は全部筒抜けでしたよ」とバラすことにほかならない。

それでは、おたがい、きまりの悪い思いをすることになる。

しかし、彼女らの頭の中にはすでに、ざるうどんの冷たいのどごしが、思い浮かべられているに違いない。期待にふくらむ息づかいが伝わるようで、私はしだいに胸が苦しくなってきた。かくなる上は、さっさと食べて、一刻も早くこの場を立ち去ることだ。

が、そういうときに限って、注文の品は、ウソのように早くできてしまうのである。

「お待ちどおさま、天ぷらうどんふたつ」

一瞬、ふたりの呼吸が停止するのがわかった。ややあって、品書きを見直し、

「あ、なるほど」「ざるの方だったわけね」

ふたりの目はなおもしばらく私に向けられている。考えてみれば、狭い店で、しかもこんな近くにいて、声が聞こえないはずはない。その視線は、羨望《せんぼう》というより、

(ひとこと教えてくれればいいのに)

との、私に対する非難のまなざしにも感じられる。

「ごちそうさまでしたあ」

私はそそくさと伝票をつかみ、逃げるように店を出たのであった。

それでもマツタケ?

「マツタケの季節ですね」「そうですね」などという会話をしてしまうとき、私は自分の弱さを感じる。

別にマツタケばかりがキノコではないのに、秋といえばマツタケとなる思考パターンは、何だろう。

あれは非常に高いものである。高いがゆえにおいしいとされている。

この季節、テレビコマーシャルもきまって、映像を流す。ビールにマツタケ。熱燗《あつかん》にマツタケ。ために、ふだん食べつけているわけでもない私まで、マツタケを味わわないことには秋が来ないみたいな気に、ついなってしまうのだ。ひとつの「マインドコントロール」である。

負け惜しみで言うわけではけっしてないと強調したいが、私は別にマツタケがものすごくおいしいとは思わない。費用対効果からすれば、マイタケやシメジの方が勝《まさ》っている。香りはたしかにいいことはいいが、舌と同様、鼻も肥えていない私には、永谷園のマツタケのお吸い物でじゅうぶんだ。

付け加えれば、私があれに好感をおぼえるのは、マツタケの「風味の」お吸い物だと、自ら明らかにしている点である。よく偽のブランド品を、偽物であると公言して売る店があるが、それと同じで、本物のフリをせず、なおかつ堂々として恥じない、志の低さが好きなのだ。

貴重ということで言えば、私はむしろマツタケよりも、八百屋にめったに出ないキノコたちに、軍配を挙げたい。昨年キノコ狩りをして、山にはこんなにもいろいろなキノコがあるのかと思った。東京の店ではシイタケのほかシメジ、マイタケ、エノキダケ、それにナメコくらいしか目にしたことがなかったのだ。

しかし、はじめて見るキノコというのは、怖気《おじけ》づくものである。ひょっとして毒ではとの疑いが、どうしても頭をよぎる。

知人の知人でワライタケを食べてしまった人がいる。山のキノコを採り続け二十年というベテランでありながら。

私はワライタケというのは、呼吸器の発作か何かで、息が「はっはっはっ」と引きつけをおこして止まらなくなるため、名づけられたものと想像していた。が、知人の話ではほんとうに、でらでらと笑い出すのだそうだ。ひとつの幻覚症状なのか。いわば「ラリッてる」ようになるという。

証言によると、その人の家の茶の間で、採ってきたキノコをサカナに皆で飲んでいたところ、主が突然、

「あれえ、おっかしなテレビだなあ。丸くなったり三角になったりしてやがら」

まわりはてっきり、酔っ払ったと思ったそうである。が、もともと酒には強い人。たいしてペースも上がっていないのに、どうも早過ぎる。

そのうち、自分の息子をつかまえ、「あんた、誰?」などと言い出すに及び、こりゃあ変だとなって、慌てて病院に連れていったという。幸い、命に別状はなかった。

新田次郎の「河童火事」は、キノコによる毒殺事件の物語だ。そうでなくても、新聞には、一年に必ずと言っていいほど一回は、キノコにあたって死んだ人の記事が出る。

(そうまでして、なぜ食いたい)という点では、マツタケといい勝負かも知れない。

ラーメンが食べたい！

電車に乗ったら、四十代とおぼしき男性二人が、「海外から帰ってきたら、まっ先に何を食べたいか」について話していた。

「オレはやっぱ寿司だなあ。生物《なまもの》は、日本でなきゃ食えないし」

「それと、シャリのうまさ。アメリカにも寿司はあるといっても、全然違うよ」

この「帰国＝寿司が食べたくなるもの」という図式は、多くの人の頭の中にあるようだ。私も海外の仕事から帰って、仕事先の会社の人に、寿司屋に連れていかれたことが、何回かある。

が、実を言うと、帰国したばかりのときの私は、それほど「寿司が食べたい状態」にはなっていない。

だいたい海外で日本食を恋しがるのは、男性のようだ。女性は割と、向こうの料理に慣れられる。男性より、順応性が高いのだろうか。さすが出産する生き物である。

そういう私が、帰りの飛行機の中で、きまって欲しくなるものが、ひとつある。ラーメンだ。なぜか必ずそうなる。

トン骨とか、チャーシュー百五十グラム入りなどといったものではなく、正統派のラーメン。スープは薄い醬油味《しょうゆあじ》で、あくまでも澄んでおり、ほんの少し油が浮いているような。かつおだしだったりすると、なおのこといい。具は刻みネギ、メンマ、ナルト、ひと切れのチャーシュー。ふた切れ以上であってはならない。それから、出てくる直前に載せられる、のり。湯気とともに立ち上る、その香りが、ああ。

こうなると私の心は、成田にというより、一路ラーメンに向かって飛んでいると言える。（とりあえず家にスーツケースを置いて）などと、着いてからの段取りまで考えている。

寿司ではなくラーメンというのは、B級グルメを旨としている、日頃の食習慣のせいなのか。が、ラーメンだって、ふだんそうしょっちゅう食べているわけではないのに、不思議といえば不思議である。

驚いたのは、中国からの帰国の途でも、ラーメンが食べたくなったことだ。

「ラーメンなんて、もともと中国から来たものではないか」

と言われそうだが、飛行機の中の私は、ほかならぬラーメンを思い浮かべていたのである。

あるとき私は、新幹線に乗っていた。そして気づいた。自分がやはりラーメンを食べたくなっていることに。

私は考えた。これは、食習慣とか文化とは違う、もっと生理的な問題ではないだろうか。飛行機であれ新幹線であれ、中の空気は、かなり乾燥している。なのに、機内食も駅弁も、汁物は少なく、ほとんどが乾き物だ。一方、長時間乗っている間には居眠りもするから、必ずといっていいほど寝汗をかく。すなわち、発汗によって失われたイオンをスポーツドリンクで補うように、水分と塩分を欲する体が、ラーメンを求めるのではないか。

そう言えば、東京駅構内の中央通路にあるラーメン屋では、店の前にいつも、旅行《りょこう》鞄《かばん》を提げた人々の列ができている。あの光景も、私の「長旅＝ラーメン欲求説」を裏づけているように思うが、どうだろうか。

何でもヘルシー

ヘルシーをうたい文句にした食品が、この頃やけに多い気がする。

「おいしくって、とってもヘルシー！」「ヘルシーなあなたに！」云々。

すでにして「ヘルシーなあなた」だったら、買う必要ないじゃないかと思うけど、そうそう、うるさく言うものでもないかも知れない。

要するに、「健康志向」くらいのつもりか。「自然派化粧品」の「派」と同じで、「志向」というのがポイントで、目指しさえすればいいのだから、必ずしも健康にならなくても、いいわけで。飽食を手に入れた代わり、食生活のバランスには、誰もが自信を失っている今の時代。このキャッチフレーズは、人々の心理をとらえるものがあるようだ。

前なら、何てことなく売られていた食品にも、わざわざヘルシーそうな理由が書いてある。「成人に不足しがちなカルシウムを補う」牛乳とか、「整腸作用とともに、制ガン作用も注目される乳酸菌が、たっぷりと入った」ヨーグルト。いったいに、高カロリー

のイメージの強いものほど、それを打ち消そうと、

(カロリーこそ高いけれど、体にいいものがいっぱい入っているんですよ)

と、ヘルシーさの説明にやっきになっているような気がする。

ヘルシーブームのおかげで、起死回生を果たした食品たちもある。

冷凍食品のエビフライやコロッケに押されて、いっときすたれかけた和食系がそうだ。食物繊維が腸をきれいにするといわれる、ヒジキをはじめとした海藻類。コレステロール値や血圧を下げ、成人病の予防になるとされる納豆。アジの開きなどの、いわゆる青魚の脂には、悪玉コレステロールをやっつける善玉コレステロールを増やす効果があるとか。そういうそばから、

「いいや、今の干物は、地球をとり巻くオゾン層がすでにして破壊されているから、紫外線が強く、脂の酸化がはげしいので、かえって体によくない」

なんて言い出す人も出てきて、ヘルシーはどんどん深みにはまる一方だ。

私はといえば、そこまで深くは考えないが、食べ物を選ぶ際の基準に、「ヘルシーかどうか」ということが、知らず知らずのうちにかなりインプットされている感じはする。

例えば、喫茶店で、なんかちょっと甘いものが食べたいなと思った場合。

私は常々、自分の食生活が、ご飯や麵類といった炭水化物、糖分に偏りがちだと知っ

ている。だから、お茶のついでにケーキでも、といった食べ方は、自分に対し厳に戒めている。

しかししかし、そのケーキが、「自家製ケーキ」だったりすると、私の決心はぐらつきはじめる。別に、手作りの味だとか「まごころ」とかを期待するわけではない。が、

(同じケーキでも、自家製だったらば、甘さなども控えめにしてあるのではないか。防腐剤や合成香料も入っていない分、ヘルシーに違いない)

とつい、いい方にいい方に考えてしまう。

「カロチンたっぷり、ニンジンケーキ」「カボチャのプリン」となると、もうだめだ。

(緑黄色野菜は、ガンを防ぐというのに、食事ではなかなか必要量が摂《と》れない。だったら、こういうもので補うのも、ひとつの方法なのでは)

気がつけば、ぺろりと平らげている。そうなると、食べないのと、いったいどっちがヘルシーか。

ヘルシーを究めるのも、難しい。

会食には向かないメニュー

出版社の人と、昼に会食をした。打ち合わせを兼ねて、というやつである。

私がうどんが好物なので、うどんすきの店でとなった。

昼のコースは三つある。うどんすきとデザートのみのもの。刺身や煮物がつくもの。焼物などさらに何品かつくというもの。

「まん中のあたりどうですか」

出版社の人は勧める。が、何ぶん昼、お腹《なか》もまだ空いていない。まん中のコースでは食べきれない、私はそう判断した。会社とはいえ人の金、ここぞとばかり注文するのもはしたない、との考えもある。

「ここは、うどんすきとデザートのみにしておきましょう」

頑なに主張したために、とりあえずそうなった。

お茶を飲みつつ、近況報告などしていると、さっそく鍋《なべ》が運ばれてきた。仲居さんが火をつける。

仲居さんが去ってから、次の本についての話をはじめた。それが今日の主旨である。が、ほどなく、（これはまずい）と気がついた。話がいよいよ本題に入ったところで、鍋が早くもぐつぐつ言いはじめたのだ。しかも火力が強過ぎるのか、「僕が考えていた企画はですね」などという相手の声もかき消さんばかりの勢いだ。

しだいに気が気でなくなってきた。うどんの上の鳥肉が、下半分だけ白くなっている。引っくり返さねば。このままでは全体に火が通る前に、汁がなくなってしまうのではないだろうか。

ついに相手をさえぎって、

「ちょっと失礼、そっち側に火の調節の、ありませんか」

「あれ、いや、これかな」

「仲居さんに言わないといけないんでしょうか」

代わる代わるテーブルの下を覗き込み、本の話どころではなくなってしまった。

二番めのコースにしようと、出版社の人がすすめたわけがよくわかった。そうしていたら今頃は、刺身でもつつきながらゆっくり相談できたものを。

（こういうのを、社会性がないというんだろうな）

つくづく自分を省みた。コースを選ぶにも、私はただひたすら、食べきれるか否かの基準で選ぶ。が、こういうときは、食事はいわば「場」なのだから、とりあえず二番めくらいにしておけばいいのだ。

それもこれも、ふだんの私が付き合いというものを、サボってばかりいるせいだろう。「食事でもしながらお話を」という「でも」は、私の辞書には基本的にない。食事はあくまでも食べるためにあるのであって、「でも」なんて言ったら食事に対して失礼だくらいに思っている。

であるから打ち合わせは、もっぱら喫茶店で。いきなりうどんすきというコースを選んだときも、ついその癖で、

(食うもン食って早いとこ喫茶店《サテン》行こうぜ)

みたいな気持ちが働いたのではないだろうか。社会人としては、完全にバツである。

(こうして人は知らないうちに、いわゆる常識のない人間になっていくのね)

煮つまり果てた鍋を前に、いささか気を引き締めた昼の会食であった。

6

「仕事」をめぐる冒険

フレッシュマンの「鮮度」

初夏の頃、よその会社に電話をかけると、(あ、こいつは今年入ったやつだな)とわかる。初々しいというべきか、型どおりの正しい受け答えを心がけてはいる。が、どこか、ぎこちない。

「岸本と申しますが、谷さんいらっしゃいますか」

谷さんは二時戻りとのこと。戻られたら電話を下さい、番号は何々というと、書きとめるらしい間があってから、

「で、どなたでしたっけ」

「岸本です」

「いえ、あの、うちの課の」

「谷さんです」

「谷ですね、ええと、谷、と。それで、すみません、どなたでしたっけ」

「は？　私ですか、岸本です」

とにかく番号を間違えないようにするのでいっぱいで、人の名なんて右から左に忘れてしまうのだろう。一度つっかえると、とめどなく崩れていくのも、新入社員の特徴だ。いったいに彼らは、基本パターンをはずされることに弱い。「戻られたらお電話をいただきたいんですが、ただし、その番号のところにいるのは三時までで、それまでにお戻りにならなかったら、またこちらから電話します」なんて伝言は、ほとんど不可能である。

新入社員が、いちばん緊張するのは電話だという。私もかつて新入社員だったとき、研修で、人事部から「電話応対」なるビデオを見せられた。そのときは内心、（いくら常識がないと言われるわれわれだって、こんな間違いをするやつがいるわけがない）と思った。背広を着た、いい若い男が、

「あのう、田中課長さんは、今いらっしゃいません」

なんて言う。わざとへたにやっているとしか考えられない。あまりのわざとらしさに、新入社員の間から、笑いがもれたほどだ。

ところが、ところが。いざ本物の電話に出てみると、

「秘書課ですが、いつもお世話になっております」

「こちらこそお世話さまです」

「佐藤課長はいらっしゃいますか」

「あいにく、席をはずしておりますが」

なんという速さ。息もつかせぬ勢いで、合いの手を入れなければならない。掛け合い漫才のタイミングと同じだ。台詞《せりふ》をトチらないようにするのでせいいっぱい。ひとつでも言い忘れたりすると、それだけで、(しまった)と頭がかあっとし、相手が誰で、誰にかけてきたかも、わからなくなる。

しかし、それも夏頃まで。秋くらいには私もすでに机の下でひそかに靴を脱ぎ足をぷらんぷらんさせながら、声だけはやたら美しく「完全なる電話応対」をしていたような。

電話におけるぎこちなさは、新入社員の「鮮度」を示しているともいえる。

「とりあえず」「でも」

読者の方から、お手紙をいただくことがある。

私の場合なぜか、就職活動のシーズンに多い。

「はじめまして。岸本さんのファンです。いつも楽しみにしています」

このあたりは、いわゆるファンレター。嬉しく思いながら、読んでいる。

「岸本さんのを読むと、私もエッセーでも書いてみようかなって気持ちになるんです」

「でも」というのが、引っかからないこともないが、そこまでもまだいいとしよう。

「来年は卒業ですが、就職しないで、岸本さんみたいに本とか出して、印税生活なんかしたいんです。ついては出版社を紹介して下さい」

ずる。椅子からずり落ちる。「はげましのおたより」のつもりで読んでたら、何のことはない、お願いなのだ。

しかしなあ。相手が違うのでは。見ず知らずの人間に、こういう頼みごとをしてくるくらいの「行動力」があるなら、原稿のひとつも書いて、出版社に送ってほしい。

こういう手紙もあった。

「岸本さんのエッセーが好きです」

はじまりは、同じふう。

「私は今、就職活動をしていますが、ほんとうはエッセイストになりたいんです。でも、はじめからそれで生活するのは、難かしいでしょうね」

おお、わかっているではないかと、感動する。

「まずは会社に入って、そのかたわら本を出すのがいいかなと思っています。とりあえず電通とか博報堂あたりにでも。どなたかお知り合いをご紹介下さいませんか」

再びずり落ちる。なんで私がご紹介をしなければならないのか。

電通とか博報堂「あたりに」としゃあしゃあと書ける性格も、すごい。あそここそ、入るのはすごくたいへんだろうに。

就職難の時代と騒がれているようだけど、こういう人は、どういう認識をしているのかと思う。「とりあえず」「でも」「なんか」が多いのも、気になるところだ。

先日は、喫茶店で隣り合わせた、学生とおぼしきカップルが、こんな会話をしていた。

「勤めるよりさあ、大学教授なんかいいと思わない？」

女が言えば、男も、

「そうだよな、学会とかなんとかいって、海外旅行してさあ。授業なんて、気の向いたときだけすりゃあいいんだろ」

「そいでもって、本の一冊か二冊書けば、左団扇《ひだりうちわ》でしょ。私も会社回りやめて、大学教授、目指そうかな」

（あのなあ）。隣の席で、私は身を震わせた。本の一冊や二冊で、左団扇で暮らせるもんなら、私なんざ、とっくに蔵が立っている。

何というか、考え方がいちいち他人頼みなのだ。楽していると見える人でも、少なくとも人生のどこかでは、ものすごく努力した時期があったはずで、そういうのを一回もなしですまそうとは、ちょーっと甘いのではと思うけど。

あの方々には、これから社会に出た先で、たっぷりと苦労していただきたいものである。

お喋りなファックス

わが家のファックスが新しくなった。自動切り替えにしたのだ。

いやはや、進歩したものだと、あらためて思う。

以前、私はある保険会社に勤めていた。その会社で、新年度から、支店という支店にいっせいにファックスを入れることになり、「四月一日を期して、連絡は、電話ではなくファックスを使うように」とのお達しが、総務部より出た。

ご存じのように、保険会社というのは、全国に支店がある。月々の電話代もたいへんなものだ。いくら手短にといっても、そこはやはり人間どうし、

「札幌支店ですが、いつもお世話さまです」と来れば、

「こちらこそ、お世話になっております」

と挨拶のひとつも返さねばならない。そこで、ファックスで用件のみ送ることにし、経費節減を図ったわけである。

が、ファックスというのは、はじめのうちは不安なものだ。ほんとうに送信されたかどうか。私のいた部へもあちこちの支店から、

「ファックスしたんですが、着きましたか」

と確認の電話がじゃんじゃんかかってきた。そのため四月の電話代は、かえって上がったのではないかと思うくらいだ。

それも、今は昔。もはや会社だけでなく、一家に一台になりつつある。私のところも、自動にしていちだんと楽になった。ことに受信だ。何しろそれまでは、いちいち前もって電話で、

「今からファックスを送りますよ、いいですね」

と予告してもらってから、切り替えていたのである。

が、そのうちに気がついた。新しくしてからというもの、ファックスにどうもムダが多い。必ずしもファックスする必要のないようなものまで、送られてくるのだ。うまい店の地図から、「今月の運勢」といった占いのコピー、「先日はどうも。実はあのあと、何々さんと、さる会でいっしょになりまして」云々の世間話まで。要するに、わざわざ送りますよと言って送るほどでもないけど、といったレベルのものが、どっと入ってくるようになった。それもコミュニケーションのひとつだからいいと言えばいいけれど、

かんじんのときに、紙切れになってしまったりするのである。

まあ、それだけ、みなが気楽にファックスを使いこなす時代になったということか。

中学生の頃、友だちと電話でムダ話をしていると、父に叱られたのを思い出す。「電話は用件を伝えるためにあるものだ、くだらんことを喋ってるんじゃない！」と。

今のファックスは、ちょうどあの頃の電話にあたるのかも知れない。

「仕事人」の条件

このところ、馬車馬のようになってワープロのキイを叩いている。本の書き下ろしのためだ。予定にはなかった仕事である。

出版社の人が訪ねてきたときも、話だけのつもりだった。今の仕事の予定からすると、四冊か五冊先の本。とりかかれるのは、どんなに早くても再来年になってしまう。

ところが、その人は、「何か書くことありませんか」ではなく、自分から具体的な案を持ってきた。しかし、果たして本になるだけの原稿が書けるか。エッセーだと、四〇〇字で三〇〇枚くらいがめやすとされる。

「二三〇枚くらいで、書くことが尽きてしまいそうな気がするんですけど」

そう申し出たのは、二三〇枚でも許される場合があるのを計算に入れてのことだ。

「うーん、二三〇枚はちょいときついですね。せめて二六〇枚ないと」

しめた、と心の中で手を打って、

（よーし、二六〇枚でいいんだな。その言葉忘れるなよ）

書き下ろしの予定が詰まっていると言っても、隙間的な時間は結構あるものだ。自分でも思いがけないくらい進んでいった。三〇枚、四〇枚とたまるごとに送る。が、一七〇枚までいったところで、どうにも力が出なくなった。あと九〇枚。長距離走でいえば、このあたりがちょうど、へたりそうになるところ。「あと、ひと息」と励ましの声でもかけてもらおうと、久々に会うことにした。

「今日お渡しするぶんで、今までの合計が一七〇枚になるんだと思います」

喫茶店で、原稿を差し出しつつ言うと、

「そうですね、あと一五〇枚ですね」

「は？」

「やはり、本として厚みのあるものにするためには、三二〇枚はないと」

（このーっ、二六〇枚でいいって言ったじゃないか）

コーヒーをテーブルごと引っくり返しそうになった。が、「厚みのあるものにするために」と言われれば、書く方としてはぐうの音も出ない。「自分の本が薄っぺらな本でもいいのか」と、なるからだ。ゴールがようやく見えかけたところで、ずずっと向こうへ遠ざかっていった感じ。が、ここでへたばっては、いつまで経ってもたどり着けない。

とにかく、前へ、前へ進まぬことには。

そんなわけで目下のところ、たてがみならぬ髪を振り乱して働いている。疲れると、紙の上に合計枚数を算出しては眺め。が、見つめているだけでは、いっこうに数字は変わらないのだ。溜め息をつき、またワープロに向かう。

しかし、当初は、今のところとてもできないと思っていた仕事なのに、考えていた以上の「馬力」が引き出され、結果的にほかのどの仕事よりも早く完成に近づいている。こういうふうに人を働かせる、あの出版社の人は、たいした仕事人《しごとにん》だと認めざるを得ない。

早く来い来い……

「押し詰まってきましたなあ」と言うのは、年末の決まり文句みたいなものだが、そのことを感じるのが、年々早くなっている気がする。

友だちと「年内にいっぺん会おうよ」ということになり、知っている店に電話すると、「すみません、その週はもう忘年会たけなわで」

なんと。十二月のはじめで、もう「たけなわ」とは。

そうこうするうち、ひとりが「ごめん。五日は会社の忘年会になっちゃった」。

全員参加が決まりだとか。もとは月の半ば過ぎにやっていたが、その頃になると皆予定が立て込んできてたいへんなので、

「全員参加を言うんなら、もっと出やすいときにしろ」

との声が上がり、早まったのだそうな。

そのほかに部の忘年会、課ごとの忘年会もあるという。

「どうせ、仕事納めから一週間もしないうちまた顔合わせるんだから、何もわざわざムキになってやることないのに。この忙しいときに」

彼女はぼやく。同感である。

十二月は、ただでさえ慌ただしい。ふだんなら次の月の五日までかけてすればいいことを、二十五日くらいで終わらせなければならないのだ。その上に（私などは挫折して出さなくなってしまって久しいが）年賀状を書くという仕事もある。酒など飲んでいる暇がどこにあろう。

が、一方で、あれやこれや不義理が気になってくるのも事実だ。十一月に入ったあたりから、

（ああ、あの人にも全然会っていない）

（この人とも、もう少し話をつめておかなければならなかった）

と、し残したことを思い出す。その頃は、まださほど「押し詰まり感」はないから、電話などで挨拶代わりに、「じゃあ、年内にいっぺん」となる。

ところが、いざ十一月半ばも過ぎ、十二月になると、その「いっぺん」を予定に組み入れるのが、いかにたいへんか、わかってくる。相手もきっと同じはずなのだ。自分たちで自分たちの首をしめているようなものである。

（もうその「年内にいっぺん」というの、やめようよ。「年内」というところに何の意味もないんだからさ。おたがい苦しくなるだけなんだからさ）

何回言おうとしたか、わからない。それでいて、つい自分でも、「ええ、ぜひ」なんて答えている、哀《かな》しい性《さが》。

新年を迎えると、心からほっとする。少なくともあと十一か月は、「年末」は来ないからである。

正月は苦しい

毎年思うのだが、年末というのは、なぜこうも、ばたばたしなければならないか。皆して焦りまくり、まるで十二月のその先はないかのような騒ぎである。たかだか年が変わるだけで。

昨年の場合、年末というものの存在を私に思い出させたのは、一本の電話であった。十一月十日過ぎのこと。某週刊誌の編集者からだ。書評のページを書いている人だが、「あのう、今年もそろそろ、例によってまた『この一年で、いちばん面白かった本』というのをやりますので、ついては、お時間のあるときにお話を伺いたいんですが」

もうそんな時期かと、まず思った。世間ではまだあのジングルベルのクリスマス狂騒曲も鳴らないうちだったので、忘れていた。が、年末の方では忘れずに近づきつつあったのだ。

しかし、月刊誌ならいざ知らず、週刊誌である。くり返しになるが、十一月もまだ十

日過ぎ。いくら何でも早過ぎる。その人がいうには、

「はあ、ですが、例の年末進行というやつで、十二月十日までには原稿を書き上げないといけないんで、そのためにはあらかじめ、本なども決めておいていただかないと」

年末進行。その電話は、世の中にそういうものがあったことを、私の記憶によみがえらせた。ふだんなら月末までに書けばいいものが、十二月に限って、締め切りが十日から、どうかすると十五日も早まるのである。他人事ではない。

それからは、あれよあれよという間に、なしくずし的に慌ただしさに巻き込まれていった。電話をかけてくる人、かけてくる人、

「たいへん早くて申し訳ないんですが、年末進行なもので」

ふだんひと月かかってしていることを、半月でしようというのだ。当然、忙しさは倍になる。身動きできず責め立てられ、歯ぎしりの日々。忘年会のお誘いなどがきたりすると、怒髪天を衝《つ》きそうになる。これで風邪で倒れでもした日にはどうなるか、考えるだに恐ろしい。

いっそ、休まない方が楽なのではないかとさえ思った。そもそも年末年始を休みにしたことから、こんなことになるのだ。何という不合理、休むために、働くとは。

借金に苦しんだ名文家、内田百閒先生は『新・大貧帳』という本の中で、次のような

ことをくり返し書いている。年末というと皆して、今年じゅうにと取り立てる。そっとしておけばいいものを、年末、年末と騒ぐからそうなるのだ。そのために自分は、金策に駆けずり回る。借金を返すために、別の借金をするようなもの、いっそのこと返さぬ方が理にかなっていると。休みをめぐる私の考えも、それと似ている。

そして、年始。あれほど殺気立っていた世間の動きがぱたっと止んで、静まり返る。空白ともいえる心で、思うことはただひとつ。

「ああ、また正月か。何だか年々、正月が来るのが早くなるなあ」

イギリスの心理学者は、次の説を唱えている。年をとると、新陳代謝が低下するので、体内の働きが遅くなり、相対的に時間が速く過ぎていくように感じると。要するに、老化現象というのである。

が、私はむしろ、年末のばたばたのせいではと考える。先に述べたように、している仕事は質、量ともふだんと同じようなものだ。ただ時間だけ半分になるので、非常に忙しいと感じる。が、過ぎてみれば、ふだんと変わった何かをしたわけでもない。とすると、

「なーんか、たいした仕事もしてない割に、年ばっか、くってくんだよなあ」

との感じを抱くのも、いたしかたない。それがまた、気持ちの上でどっと老け込むも

とになる。

年末年始はどうも、精神衛生によくない。

自意識過剰？

この何年間かもっぱらワープロである。その私に、ある雑誌からなんと「原稿を書いて下さい」という話がきてしまった。

むろん書くのが仕事だから、そういう話がなきゃ困る。が、その雑誌の場合、直筆の原稿を「あたかも写真に撮ったように」そのまま載せるという。文字どおり「書く」のである。私がまず考えたのは、

（原稿用紙をどうしよう）

という問題だった。手書きの原稿なんて久しくものしていないから、原稿用紙を買ってくることから、はじめねばならない。

「写真に撮ったように」ということは、原稿用紙のメーカー名もしっかり写ってしまうのだ。すると、どこのものにするかまで気をつかう必要がある。

何を隠そう私は、ワープロにするまでは、二十枚百二十円のコクヨのものを愛用して

いた。が、それだと、

（あら、この人って意外に、小学生の作文みたいなの使ってるのね）

と思われやしないか。くだらないといえばくだらないが、人間の自意識はそういうところでこそ、うずくものなのだ。こうなるともう、何を書くかより、何に書くかで、頭の中はいっぱいに。

（いったい、他の皆さんは、どんな原稿用紙に書いておられるのだろう）

見本にもらったバックナンバーの何冊かを、そこだけに注目してめくってみた。人の秘密をバラすようで何だが、雑誌に載ってるくらいだから、すでに公になったものとして書かせていただく。

まず、エッセイストで大学の先生でもある木村治美さんは「木村治美用箋《ようせん》」であった。さすが、自分用の原稿用紙を作っているのである。

この、自分の名入りの原稿用紙の人は、意外と多く、将棋の大山康晴さん、映画監督の大林宣彦さんもそうで、

（いやしくももの書きの私が、店で売っている原稿用紙では、まずいか）

という気にさせられた。が、向こうさん方は本業ではないとはいえ、本もたくさん書いてるし、すでにして功成り名を遂げた方々だから、原稿用紙のひとつやふたつ作って

たって、驚くにあたらない。そう思うことにする。

直木賞作家の長部日出雄さんは、市販の原稿用紙の中では、もっとも高級なもののひとつとされる「満寿屋」のであった。

（さては、このために買ったな）

と睨んだが、考え過ぎかも知れない。

変わりダネは、阿川佐和子さん。原稿用紙の左下に、なんと「文藝春秋」という社名が入っている。

（よその会社のを使うなよなー）

と言いたかった。

しかし、そういう非難を受ける可能性にも気づかずに、そばにあったのをそのまんま使ってしまうあたり、案外と間の抜けた、いい人なのかも知れない。

意外だったのは、立松和平、吉永みち子の両作家氏が、「コクヨ」だったことである。「ケ—35　20×20」なんていう商品番号（?）まではっきりと写っている。さすが、気さくで飾らない人だけある、という感じもする。

文は人なり、というけれど、原稿用紙もまた人なり、なのである。

話が見えない

ある昼下がり。A氏は、会社で電話をとった。

すると、いきなり、

「何なのよ、あんた、電話もよこさないで」

甲高い女の声。

「どちら様でしょうか」と訊ねると、

「何言ってんの、あたし、あんたの母親でしょ。自分の親の声も忘れたの」

その瞬間、Aさんは、(しまった)と思ったそうだ。彼には、ひとり暮らしの母親がいる。同じ東京に住んでいながら、このところ顔も出していない。その上、声がわからなかったとあっては、いったい何を言われるか。

「ごめん、ごめん、なんだか忙しくてさ」とA氏は機嫌をとりに出た。「どうしてる?」。

「あんたこそ、何してんのよ。家にかけても、ちっともいやしないじゃない」

そのまま十分ほど話していた。が、どうも話が嚙《か》み合わない。A氏ははたと気づいた。隣の席のB氏にも、たしか同じくらいの年の母親がいる。

「あのう、もしかして、Bさんでは」と、おそるおそる訊ねると、

「あらーっ、あんた、タカシじゃなかったの」

受話器を渡されたB氏が、恥ずかしさのあまりムッとしていたことは言うまでもない。

「まったく、自分の息子の声かどうかぐらい聞き分けろよな」

母親に文句をつけていた。

世の中に自分と似た顔の人は五人いる、という説があるが、声の似ている人も、たしかにいる。怖いのは、電話だと、別人であっても結構話が続いてしまうことである。お互い気づかないまま、「では、また」「どうぞよろしく」などと、すっかりそのつもりになって切っている例も、あるのではなかろうか。

私も、先日ある会社のC氏あてにかけた。はじめに出たのは、女の人。

「岸本ですが」と言うか言わぬかのうちに、「あっ、どーも」。ずいぶん親しげである。

「元気？　この前は、えらく盛り上がったじゃなーい」

前の週に、私はその会社を訪ねている。そのときCさんから、女の人を何人か紹介されて、言葉を交わしたりしたのだが、「盛り上がった」と言うほどでもないような。が、

初対面の割には、話がはずみ、笑い声を立ててもいたから、そう言えないこともない。

「その節は、おじゃまいたしまして」

「とんでもない、楽しかったわー。あたしなんか、次の日、喉がガラガラよ」

（あれっ）と思いかけたとき、

「また行きましょうね。ちょっと待って、今呼ぶから」

受話器の向こうは、「保留」のメロディになった。

代わって出たのは、Cさんではなく、まったく覚えのない男性。

「Cですか？　Cは出張中ですが」

「そうですか。では、後日改めておかけします」

と切ったが、するとあの女の人は、私を誰だと思ったのだろう。岸本とはじめに言ったはずだけど。が、その誰かとあまりに声が似ているため、名前など耳に入らなかったのだろうか。

あの会話は何だったのか、いまだに謎である。

ヒルコ・ノウシュウ？

名前の読み方は、難しい。女性どうし四人で「どういう男性が趣味か、有名人を例に説明せよ」という話をしていたとき、ひとりが、

「私はあの人が好き。ちょっとおじさんだけど、タイラ・カンジロウ」

「タイラ・カンジロウ？」

「ほら、ときどき時代劇に出てる」

「ひょっとして、それ、ヒラ・ミキジロウじゃないの」

「えーっ、私、今の今までタイラと信じて疑わなかった」

平幹二郎のことである（書きながら、急に不安になった。ヒラに間違いないだろうな）。

四人の中には、笠智衆のことをカサ・チシュウと思い込んでいた人もいた。

私も前に、大勘違いをしたことがある。石原裕次郎が死去したとき。私はそもそも、

彼の奥さんが北原三枝という女優だったことを知らなかった。だから週刊誌の中吊り広告に、「三枝夫人号泣」とあっても、

（どうして裕次郎が死んで、桂三枝の奥さんが号泣しなければならないんだろう）

と、ひとりで首を傾げていたのだ。

しかし、こうしてあれこれ人の名を思い出していると、ますますあやしくなるばかり。仲谷昇も、私はナカタニと思っているが、ナカヤだったりするんだろうか。若者向けのドラマの出演者の欄によく出ている、東幹久なる人も、アズマなのか、ヒガシなのか。だいたいみんな新聞などで字だけ知っているだけで、「仲谷さーん」などと呼びかけるチャンスはまずない人たちだから、正しい読み方がわからなくても、そのまま何の支障もなく何年でも過ぎてしまう。むしろ有名な人であるほど、そうなのではなかろうか。

実を言うと、「週刊読売」の私のエッセーにイラストを描《か》いて下さっている蛭子能収さんのことも、長い間ヒルコ・ノウシュウさんかと思っていた。ご本人には、まことに申し訳ない限りである。

連載が決まりかけたとき、友人に話すと、

「じゃあ、もしかしてイラストはあのヒルコ・ノウシュウさんて人に描いてもらえるの？」

「週刊読売」にはよく描いておられるのだ。

「かも知れない」と答えると、

「わあ、いいなあ。もしそうなったらサインもらってきて。私、前々からあの人のファンなんだ」

そうまで言うので、いよいよヒルコであることを確信してしまったのである。

本決まりになって、編集部の人から、

「イラストは引き続きエビスさんにお願いできることになりました」

と言われたときは一瞬「？」となった。幸い、エビスの「ス」と「子」がピンときて、

「まー、それは光栄です」

と、すかさず返事はしたものの、内心かなりひやっとした。私の方から、

「ヒルコさんにお願いしたいんですけど」

なんて言い出さなくてよかった。しかし友人も友人で「ファンだ」と威張るくらいなら、名前くらいちゃんと読めるようにしなさいと言いたい。

蛭子さんには、失礼をお詫びいたします。ところで読者の皆さん、「能収」の正しい読み方をご存じですか。

着せ替え人形

毎年春になると、学生たちの会社回りがはじまる。この季節、デパートの婦人服フロアのトラッドコーナーは、いつにない賑いをみせる。リクルートフェアだ。リクルートスーツといえば紺かグレー、そのテのものなら当コーナーでどうぞ、というわけで、売り場は年に一度のかき入れどき態勢になる。

「これが内定スタイルの基本です」といった、マニュアルふうパンフレットや、「身だしなみ&持ち物チェックリスト」なるものを配ったり。模擬面接のビデオまで放映するところもある。

「質問には、相手の目を見て、自分の言葉で答えましょう。会社案内の受け売りは、嫌われます」

などという説明が流れている。いったい、デパートはいつから「就職相談所」になったんだ、という感じだ。客は、圧倒的に母娘《おやこ》である。

（いい年して、自分の服くらい自分で買いにこいよな）

　と思うところだが、娘には、

（こんなもん、どうせ、会社回りのときしか着ないんだから、親に買わせた方が得だ）

　との計算があるのだろう。

　店員も心得たもので、話しかけるのはもっぱら、財布を握っていると思われる母親に向かってだ。試着室から出てきた娘を、鏡の前に立たせたまま、

「ガイドブックによると、スカート丈は、座ったとき膝から五センチ上というのが、印象がよいとされているそうです」

　などと、母親の方にもっともらしく説いている。そしてまた、母親の中にも何を勘違いしてか、店員をつかまえ、きりのない「相談」をはじめるのが、いるのである。

　先日も試着室の前に、紺のスーツを着た娘と母と店員がいた。紺かグレーか、迷っているようだ。私は、はいてみたいスカートがあったので、後ろに立って待っていた。

「何と言っても、紺は基本ですしね」と店員。

「そうお？　じゃあ、これにしようかしら」と母。

　で、決まりかと思うと、そうではなく、「でもねえ、なーんかヤボったいのよね」と、またぐずぐず言いはじめ、もう一度グレーを着ることに。

「グレーは、着回しがききますからね」

「まあ、これの方が、おしゃれといえばおしゃれだけど、やっぱり紺が、学生らしいかしらねえ？」

（早くしろ）

私は握りこぶしを震わせた。後ろには人が待ってるんだ。

娘も娘である。当人がウンともスンとも言わず、着せ替え人形のようにたーだ突っ立ってるだけだから、いつまでも決まらないのだ。会社回りをするのはお前だろ、と言いたい。なんという主体性のなさよ。

ああでもないこうでもないと、さんざんに迷った挙げ句、母親の極めつきのひとことが、

「やっぱり基本の紺にするわ。服のせいなんかで、落とされたりしたら嫌だもの」

（お宅の娘の場合、そういう問題じゃないだろ）と言いたいのをぐっとこらえる私をよそに、母娘は消費税込み計六万七百七十円を払い、仲よく引き揚げていった。

7

男と女「ゲームの規則」

失恋

「男を見る目」というものが、ときどき話題になる。友人の誰それが、付き合っている人と別れたらしいなどという話を、女どうしする場合。

「ひどい」「何、それ」「そもそも、よくそんな男を好きになったものだね」

怒ったり呆れたりを、ひとしきりくり返し、

「結局まあ、彼女の方も、男を見る目がなかったってことよ」

で、おしまいになる。

この何年間か、浮いた話ひとつない私としては、(そうか、男の人間性まで見抜く目がかんじんなのか)と感じ入り、同時にこういう暇たっぷりなときこそ、鑑識眼を磨いておくべきだと考えた。

その私に、いっとき、(おお、これは)と思う男性が現れたことがあった。過ぎた話だから言ってしまうと、その人とは誰あろう、オリックスの仰木監督である。むろん、

ご当人は知るよしもない。

何しろほかならぬ、あのイチローを育てた人。かつて彼のもとでプレーし、後に大リーガーとなった野茂投手も、あの監督にだけは、感謝の念を抱き続けているというのを耳にして、それだけで私はもう、

（きっと、ものすごくりっぱな人に違いない）

と思い込んでしまったのだ。

巨人と当たるセ・リーグの監督ならまだしも、パ・リーグとなると、ほとんどテレビに映らない。たまにスポーツニュースの中などで、ベンチで腕組みしている姿を、ちらと見かけるくらい。口をへの字に曲げている顔しか知らないし、声なんて聞いたこともない。が、それさえも、

（いつでも表情が同じというのは、人間ができている証拠である。ああやって、常にものしずかに構えていながら、やることはしっかりやる人なんだ）

と、いい方にいい方に解釈し、尊敬の念をつのらせていた。

ところが、ある週刊誌の仰木監督の特集で、「遊びの方もまだまだ現役」とあるのを読んで、私は愕然としてしまった。「やることはしっかりやる」といっても、そっちの方は、やっていてほしくなかったというか。別に監督は相撲の横綱じゃないから、品格

云々とは言わない（横綱の方だって、あやしくなっているこの頃だ）が、私の趣味からすれば、とにかく石部金吉みたいな、叩いても割れないくらいの頭をした、まじめな男性が好きなのである。

その話を、四十代の男性編集者にしたら、

「岸本さん、そりゃ違いますよ、全然わかっていないなあ」

彼の解説によれば、キャンプ中に何を食べたかまで、スポーツ紙で話題になる巨人軍の監督が遊んだりしたら、それこそたいへんな騒ぎだが、パ・リーグの監督だから、許されるとか。

「要するに、男が遊ぶかどうかは、人間性じゃないんです。状況しだいですよ、状況」

二重にがっくりきてしまった。男とは、そういうものか。

（人間性は関係ないとしたら、いくら見る目を磨いたところで、意味がないかも知れないな）と、早くもやる気を失っている日々である。

カラオケをめぐる攻防

ある日の四時頃、近所の喫茶店に入ったら、隣のテーブルの男女ふたりがカラオケの話をしているところだった。

ともに四十代半ばくらい。女は主婦だが、人にものを教える仕事もしているようだ。男ともそちらの方の知り合いらしい。男は男で、眼鏡がじゃまして表情はよく見えないが、抑揚をつけることを自らに禁じているような、低い話し声が、特徴である。

「私、カラオケなんて行ったことがないわ」と女。

「じゃあ、これからひとつ行ってみますか」と男が言い、私は内心、

（おお、このふたりは、まだ日のあるうちからカラオケに行くのか）

と、彼らが伝票を取って席を立つのを、見送る気分になっていた。

が、いざ立とうかという段になって、女が、

「でも今は若い人が行くんでしょう。私みたいな、大きな娘のいる人間が行っちゃ」

などと、またぞろ躊躇《ちゅうちょ》しはじめたのだ。そうはいっても、彼女はあきらかに興味があるのだから（でなけりゃ、そもそもカラオケの話なんてしない）、男がもうひとこと背中を押すようなことを言ってやればいいのに、あろうことか彼は、

「高校生から行くっていいますね」

と、なんと「カラオケ一般」へと論点をずらしてしまったのである。思うに、あまりしつこく誘っても、自分が行きたがっているように思われて不本意だという考えが、頭をかすめたのではないだろうか。

「中学生からともいいますよ」と気のない返事を女はし、「やはりやめときます。娘のためにも」。

何が娘のためかはよくわからないが、とにかくそう言い切って、テーブルにはしらけたような雰囲気が漂った。

ところが、しばらくして口を開くや、ふたりはまたしてもカラオケの話をはじめたのである。

「〇〇さんは、しょっちゅういらっしゃるんですか」と女。

「しょっちゅうなんて行きませんよ。仕事の人に誘われて、二回か三回くらいかな」

「それで病みつきになったとか」と女がややくだけた調子でからかうと、

「とんでもない。自分から行きたいとは思いませんね」

憮然《ぶぜん》として答えてから、今の発言は、話を終わらせてしまうと気づいてか、

「まあ、ボクの経験では、気のおけない人間と小人数で行くのがいちばんですね」

将来に「含み」を持たせる言い方で付け足したりする。

私はだんだん、いらいらしてきた。(行くんなら、早く行け) と言いたくなった。

ふたりとも、「カラオケ一般」について論じつつも、相手が、「じゃあ行きましょう」

と強く誘ってくれるのを待っている。行きたきゃそう素直に言えばいいものを。

カラオケというのは、一部の人々には、

「あんなもの好きだなんて、自分で自分に許せない」

みたいに思わせるものがあるようだ。私もどちらかというとそうだし、カラオケばかり行きたがる人との付き合いは、苦手である。

しかし、行きたいのに頑として行きたくないフリをするタイプの人は、もっと付き合いにくいかも知れないなと、彼らのやりとりに考えを改めたのだった。

四十一年の皮脂

私の知人が、旦那のことで嘆いて電話をよこした。

男なのに（というと男女差別かも知れないが）エステにはまってしまったという。

きっかけを作ってしまったのは、彼女自身なんだそうな。知り合いにエステティックサロンの店長がいて、

「いちど体験してみなさいよ、こっそり無料でやってあげるから」

そう勧められ、夫婦して行くことになった。彼の方は、

「なんでオレが、他人に顔を撫で回されなきゃなんないんだ」

と嫌がっていたが、妻としては日頃から、夫の顔があまりに汚いのが気になっていたため、

「あなたは、付き添いだけでいいから。ね、ね」

とか何とかだまくらかし、ムリムリ連れていったという。店長と女ふたりで、ああだ

こうだ説き伏せて、リクライニングの椅子に寝かせるところまで、もっていった。

それからである。エステはまず、仰向《あおむ》けに寝てもらい、目をつむったところで、顔全体にスチームを当てることからはじまる。当人の述懐によれば、それからして「まるで、ふわりと雲に包まれたよう」だったとか。

きめ細かに泡立てたクレンジングフォームを、肌にのせて洗顔。毛穴がすっかりゆるんだところで、吸引器で皮脂を取り去る。そしてオイルをたっぷり塗り、指をすべらすようにハンドマッサージ。そのひとつひとつが「この世のものとも思われぬタッチ」に感じられたという。

コースを終えてみての感想は、ひとこと、

「天にも昇る心地」

別人のように、頬がふやけきっていた。

それから、病みつきになった。ほんとうは女性オンリーのサロンなのだが、頼み込んで、他の客のいない時間に、特別に予約を入れるようにしたほど。ちなみに彼は、四十一歳である。

「私としては、お試しだけならタダなんだし、この機会に顔の大掃除でもしてもらやあいいと思って連れてったのに。まさかとりこになるとはね。不惑を過ぎてからの男は怖いよ」

受話器の向こうで、知人は深々と嘆息するが、私にはわかる気がする。

一般に聞く限り、男性の顔の洗い方なんてひどいものである。若者は化粧をする人もいるくらいだから、まだマシかも知れないが、中年から上は特に。

「いったい女は何だって、洗顔、洗顔て、ヒステリックに騒ぐんだ」

と逆に不思議がられたりする。そういう人に訊ねると、洗うのはせいぜい一日一回。朝、眠気覚ましに、水でぶるぶるっとやるだけ。

「石鹼《せっけん》なんて、生まれてこの方つけたことがない」

と豪語する人もいる。おそらく毛穴は脂と汚れで、詰まりに詰まっているに違いない。

それが、いちどきにとれるのだ。知人の夫でいえば、四十一年ぶんの皮脂である。気持ちよくないわけはない。芥川龍之介の「鼻」の主人公は、鼻をゆで、湯気の立っているところを人に踏んでもらうと、毛穴から虫のような長い脂の固まりが出て、えもいわれぬ気持ちよさだったというが、あれと同じではないだろうか。

知人は今、自分のせいで、月々の支出にあらたに加わるようになった「夫のエステ代」に頭を悩ませている。

クジ運のいい男、悪い女

「いいものを上げる」

　知人が言うので何かと思ったら、宝クジの引換券。それを持って売り場に行けば、五十枚まで買える、というものらしい。

「なあんだ、タダでくれるんじゃないの。だったら、やめた」と言うと、

「あなた、買うだけだって、どんなにたいへんか知らないの。発売日に長蛇の列をなして並んでるのが、ニュースや何かに映るじゃない」

　驚いてしまった。当たるのはたいへんな倍率だろうと思っていたが、購入の段階からすでに競争がはじまっているとは。宝クジとは、そんなに多くの人が買うものなのか。

「だって、一枚三百円としたって、五十枚だと一万五千円だよ」

　そんな大金を何でわざわざ争ってまでドブに捨てたがるのか私には不思議でならない。

　もったいないと言い張る私に、彼女は、

「こういう人には、夢を買う、なんて言っても、理解できるわけないわよね」

と溜め息をついていた。

それというのも、私が、(どうせ当たりっこない)と、はなっから思い込んでいるからだろう。だいたい私は、クジと名のつくものに当たった例《ためし》がない。缶ジュースの自動販売機ですら、そうだ。

「ピピピピピ」

はでな音を立てながら光が回り、(う、いくかな、いけそうだ、いける)と期待に満ちて見つめていても、

「ピ、ピ、ピ」

と、何やら尻すぼみになってきて、当たりのひとつかふたつ前で、力尽きてしまうのが常である。

ショッピングモールではよく、がらがらと回すと玉が出てくる福引をしている。いくらいくらお買い上げごとに一回、というものだ。オーバーなどを買うと、二十回くらいできるが、いくら力いっぱい回しても、出る玉、出る玉みんな四等。

「こんなにたくさんやって全部ティッシュという人も、めずらしいです」

係の人に、逆に感心されてしまった。山のようなティッシュを抱えながら、

「アメリカ西海岸の旅　ご当選者　何々市の誰さん」

などと名前の貼ってあるのを目にすると、(この人たちと私とは、違う星の下に生まれたのね) と思ってしまう。

人間みな平等、と言いたいところだが、クジ運のいい人悪い人は、たしかにある。

私の別の知人は、抽選が趣味だ。ハガキを何百枚と買い込んで、新聞を眺め「抽選で何名様に」というのを見つけては、せっせと出している。それでも年にいっぺん、クッションが当たるかどうかくらい。

「はじめからクッションを買った方が早いんじゃないの」

と、私などは言うのだが。

そんな彼女が、夫婦でカナダ旅行に行くことになった。抽選で当たったとか。

「すごいじゃない」

ともに喜ぼうとすると、彼女は力なく首を振り、

「私じゃなくて、旦那なのよ」

百枚のうち三枚だけ、夫にムリヤリ書かせたら、その一枚が当選した。

「すごいですよ。東京ドームを十回満員にしたとして、そのうちのたったひとりという、率ですよ」

係の人は言っていたそうだが、運のよさを強調されるほど、彼女としては嬉しいやら、悲しいやら。自分はこれまで何千枚というハガキを書いてきたのに、(その労力は何だったの)と思うと、がっくりきてしまったという。

私も彼女と同じ側の人間であることは、間違いない。

隣のケンちゃん

ノーベル賞作家になってから久しいが、相変わらず大江健三郎の本は売れているようだ。書店にもたくさん並んでいる。

そのコーナーを目にするたび、思い出す。受賞のニュースがあった夜のことだ。

タクシーに乗った私に、中年の運転手さんが、のんびりと話しかける。

「大江健一とかいう人が、ノーベル賞もらったらしいね」

「そうなんですか」

私はそのときはじめて知った。車内にはラジオが流れている。

「なんでも、作家だっていうね。ノーベル賞ってくらいだから、すごい人なんだろうけど、ワタシらこういう商売のせいか、読んだことないなあ、大江健一なんて」

「健一、健一」を連発する。私としては、彼がせっかくサービスのつもりで世間話をしているのに、

「運転手さん、そりゃ、健三郎ですよ」

と口をはさむわけにもいかず、（ふうん、そうか）と思いながら、車に揺られていた。

あの運転手さんも、今では間違うことはないだろう。あれだけ新聞やテレビに出まくったのだ。売り上げ部数からいっても、もはや「国民的作家」に違いない。

先日私は、近くの喫茶店で、ひとりお茶を飲んでいた。昼間なので、店内は年配の客で賑わっていた。

後ろではしきりに「オオエさんが、オオエさんが」と話している。女の人ふたりだ。

私はてっきり、ご近所の大江さんの噂をしているものと思った。口ぶりも、そんなふうである。が、「ご本が」どうこうと言い出すにおよび、ほかならぬ、あの「大江さん」の話だとわかった。

それにしても、かなりのご年配である。振り返って見るわけにはいかないが、もごもごした声からすると、あきらかに入れ歯だ。七十は、過ぎているだろう。

（このくらいの年のご婦人も、大江健三郎を読むのか）と、私は聞き耳を立てた。

彼女らの話題は、「ボケについて」だった。以下、そのやりとりを記す。

「大江さんは、奥さんのお母さんと暮らしてるのね。なんとかってエッセーに、書いてあるって」

「そうだってね、なんかで読んだわ。えらいわよ。自分の母親でもないのに」

「八十いくつかで、もうかなりボケがきてるらしいのね。お玄関と門との間を、わけもなく行ったりきたりしちゃうんだって。多いときは、日に五回も六回にもなるらしいわ」

私はその本を読んだことがあり、（あれによれば、たしか、多いときは百回以上だったのでは）と思ったが、おとなしく続きを聞く。

「それなのに、大江さんの実のお母さんて人は、四国かどっかの山の中にいて、まだピンピンしてるんだって。九十過ぎでよ」

「そうなのよね、田舎の人は。こんな、東京なんかにいて、便利な生活してたら、かえって早くボケるのよ」

「私たちも気をつけなきゃ」

「ほーんと」

で、締めくくられた。

なるほど、と思った。こういう感想もあるのか。本の読み方は、まさに人さまざまだ。とにもかくにも、受賞によって「大江さん」が、いろいろな人に、「身近に」なったのはたしかなようである。

「サイン下さい」の心理

国技館に相撲を観《み》にいったら、建物の外側のあるところに、女の子たちがそわそわしながら、ひしめき合っていた。

やがて、武双山が出てくると、いっせいに、「すみませーん、サイン下さい」。お目当てはこれだったのか。

それを見て、私は、

（ああ、サインを求めるというのは、有名人に会ったときの、すごく一般的な行動パターンなのだなあ）

と思った。漫画などでよくそういうシーンがあるが、目撃したのははじめてだ。

しかし、と考えた。サインをもらって、どうするのだろう。ファンならば、まあわかる。が、サインを求める人々の中には、必ずしもファンというほどではない人もいよう。もらったからといってどうなるわけでもないが、

(有名人に会うなんてめったにないことだから、とりあえず、もらっておかなきゃ損)

といった心理が働いているのでは。

私の知っているある作家の人は、はじめての本を出し、書店でサイン即売会を開いた。開始から二十分くらいはがらがらだったが、だんだんに人が集まり、並ぶようになった。

ところが、列の後ろの方の人ほど、主旨を理解していない人が多い。サイン即売というくらいだから、買ってもらった本にサインをする。なのに、着ているTシャツを引っ張って、「ここに書いて下さい」と言う人あり、野球選手か何かかと思って、グローブを差し出す人もいたり。その人が作家だということすら、わかっていないようだったという。

「しようがないよな、オレのことなんて誰も知ってるわけないよな」

と、いじけていたが、それでも人が集まるから不思議である。ああなると、有名人だから、でさえもなく、

(誰だかわかんないけど、有名人かも知れないから、もらっておいても損にはならんだろう)

との心理だろう。

白状すると、私も実は、サインを求めて大騒ぎしたことがある。何を隠そう、私はか

つて月にいっぺん日曜の朝のテレビに出ていたのだが、その頃のこと。

当時は、夕刊に「明日の番組」のページがはさんであった。土曜の夜、外から帰ってきた私は、それを広げて、（さあて、明日の私の出る番組は、いったい何をやるのかな）。すると、そこにはなんと「武蔵丸、貴ノ浪、二大関揃って生出演！」とあるではないか。

そのとき、まっ先に頭に浮かんだのは、（色紙！）ということだった。国技館へ行くくらいだから、私は大の相撲ファン。ブラウン管を通してか、あるいは、はるか土俵上に眺めるしかない大関が、至近距離にくるなんて。これはもうサインをもらうしかない。が、この時間だ。文房具屋はもう閉まっている。コンビニならあるが、小さいせいか色紙なんて見たことない。

翌朝、六時、迎えにきた車の運転手さんに、おそるおそる頼んでみた。

「あのう、行きがけにもし、大きなコンビニがあったら、すみませんが、寄っていただけますか」

「何を買うの」

かくかくしかじかと、わけを話すと、

「色紙なら、局の売店にあるよ」

そうか、私の行こうとしているのはテレビ局なのだ。色紙がないわけはない。サインはスタッフの人が代わりにもらっておいてくれた。感激だった。しかし、現実問題、これをどうしよう。飲み屋じゃないから、壁に飾るわけにもいかないし。こうなると「葉子さんへ」と宛名を入れてくれたのも、アダになった。それがため、人にゆずることもできない。

両大関には申し訳ないが、色紙はそのまま封筒に入れたきり、本棚のすみで埃《ほこり》をかぶってしまっている。

濃い女に濃い男

本を読むため、喫茶店に行った。家では眠ってしまうおそれがあったのだ。

店内には、二組の客がいた。女子大生らしき三人と、中年の男女の二人連れ。女子大生の近くはうるさそうだから、中年の隣に座った。

ところが、その席で私はまたしても「聞き耳地獄」にはまってしまった。女の声が、ひとことで言って、色っぽ過ぎるのである。

「あら、このお店、ちょっとよさそうじゃなあい？」

店にあった高級女性雑誌をめくりながら、話している。

「夜はおまかせのみ。一万五千円からですって」

「場所は」と男。

その声に、私はまたぎくっとした。男は男で、役者のように低く、艶《つや》のある声だ。

「湯島よお。天神さまからちょっと入るみたい。この前行ったとこの近くよ、きっと。

あそこもよかったわねえ?」

「何食べたとこだっけ」

「やだ、忘れちゃったの、お肉よお、お肉」

と、食べ物の話が続くのだが、彼女にかかると「お肉」「おまかせ」などの言葉まで、妙に艶《なま》めかしく響くのである。

読書どころではなくなってしまった。

(いけない、これでは何のため、コーヒーに五百円も払いに来たかわからない)

と頭を振るが、集中しようとすればするほど、女の「ね」とか「よ」が耳にからみつく。さりとて、いかにも、「あなたがたの話を聞いてます」みたいになるのは失礼だから、ページをめくるフリをするのに努めていた。

そのうちに、私の中に、声の主がどんな人か、見たくてたまらない欲求が高まってきた。が、これも、へたをすると失礼になる。

チャンスは来た。コーヒーが運ばれてきたのだ。「どうも」と本をどかしながら、私は瞬間的に目をやった。

男は紺のカシミアの(と思う)ジャケットに、まっ白なマフラー。フェラガモのネクタイを締めている。髪はシルバーグレーだが、眉《まゆ》だけは黒々して太いという、歌舞伎の団十郎的な顔だ。女の方は私の隣にあたるので、よく見えないが、長い黒髪の下から、高い鼻が覗いている。すなわち二人とも、美男美女でも、いわゆる「濃い」顔なのである。

この人にしてこの声あり、と言おうか。それでもって、

「この前泊まった、割烹《かっぽう》旅館もよかったわねえ」

「飯がうまかったな」

「お風呂も、よその人とは顔合わせないで入れるようになっていて。お布団だって知らないうち、ちゃあんと敷いてあるし」

といった話をされると、いけないこととは思いつつ、つい、(ふんふん、そして、そのあとは)などと、よからぬ想像をしてしまうのだ。

(しかしなあ)

自分を省みた。私は常々、声で困っている人間である。前にも書いたように、カマトトふうの声が嫌で嫌で、

(私はそういう人間じゃないんだ。「声は人を表す」と思ってくれるな)

と心で叫んでいるほどだ。そう主張する私でさえ、一方では、声で人を判断しているとは。きっとこの人たちも、声のために、あちこちであらぬ誤解を受けているに違いな

い。

（お互い、声では苦労しますな）

肩を叩きたいような気持ちにさえなった二人だった。

8

「旅」ゆけば

壁の向こう側

正月は、泊まりがけで温泉に行く。親たちに、姉夫婦とその子ども二人、それに私の計七人。元旦、お雑煮を食べてから出かけ、一泊して帰ってくる。

昨年は不景気ということもあり、とにかく、「安い宿、安い宿」と言って探し、長野県の某温泉になった。二食つきで一万円そこそこ。

廊下のはめ板は、踏むたびにぎしぎしと鳴った。隣の部屋との間の壁も、たいへん薄そうだ。それでも、

「まあ、この値段だもの」

「そうよ、そうよ、お風呂に入ってしまえば、あとは寝るだけだし」

私たちはお湯につかり、早々に床に就いた。

それからである。電気を消したあとも、壁と柱の間に、ひと筋の光が漏れていた。隣の部屋だ。まだ起きているらしい。ひそひそ声がする。男女四人のようだ。母も姉もし

きりに寝返りをうち、おたがいに眠れないでいるのがわかった。

話し声はしだいに高く、あたりをはばからなくなってくる。

「どうしよう」

「こっちも何か音をさせれば、『響くんですよ』ってことが、わかるかもよ」

私たちは代わる代わる咳をしたり、わざと手洗いに立ってみたりした。が、まるで効果はない。

それどころか言い合いになり、泣き声もしはじめた。どうやら、嫁《よめ》姑《しゅうとめ》問題のようだ。日頃の溝を、正月旅行でいっきに埋めようとしたところが、かえって裏目に出たらしい。

「そんなこと言ったって、私、私（嫁）」

「あなただって、もう少し考えて（姑）」

「うるさーい（舅《しゅうと》）」

物を投げる音までする。こうなるともう、初夢どころではない。

正月二日の朝、私たち一家は、寝不足の顔を合わせた。

「ゆうべは、すごかったね」

「どうも、嫁さんが家事をしないって言うんで、お姑さんが叱ってたようよ」

「でも、あのお嫁さん、仕事してるみたいじゃない」

「だから、舅は嫁さんをかばってたんだよ」

「しかし、婿は何してんのかね。そういうときこそ、しっかりしてくれなきゃ困るのに、むにゃむにゃ言うばかりでさ」

皆、結構しっかり聞いていたのである。

朝風呂からの帰り、廊下でお姑さんとおぼしき女の人とすれ違った。まさか、「おたくの家庭争議で、一晩中眠れませんでした」とも言えず、

「おはようございます」

と、ゆうべのことなど何も知りません、という感じで挨拶したが、向こうは目をしょぼしょぼさせ、私のことも見えてないようだった。そりゃそうだろう。

一年の計は元旦にありというが、あの一家はどうなったのか、気になるところだ。

あなたも私も観光客

知り合いの中年夫婦が、京都へ桜を見に行ったそうだ。どうでしたと聞くと、旦那の方が、

「いや、もう、どこへ行っても、人、人、人で」

タクシーの運転手さんに、「とにかく観光客のいないところ、いないところ」と連れていってもらった。

たどり着いたのは、とある寺の裏山の二本の桜。桜の名所として知られる寺だが、その木のところまでは「ふつうの観光客はこない」という。

「おかげで、なかなかいい花見ができましたよ」

と得意がり、奥さんもにこやかにうなずいている。

(しかし)と、心の中で、私はうめいた。そういうふたりも「観光客」であることに違いはない。そりゃあ、花を見にきたのに人しか見ないのでは興ざめだ、という気持ちは

わかる。が、そもそも、桜のときに京都に行くことそのものが、観光客として、非常に一般的なことである。(だったら何も、他の観光客を、そんなに敵視しなくても)と思うのだ。

人はいったいに、自分以外の観光客が嫌いである。「観光バスの行かないところへのツアー」なんていうのも、あるくらいなのだから。

そのことは、海外における日本人旅行者でよくわかる。例えばパリで、あきらかに日本人とわかる人が、歩いてきたとする。

「これはこれは、日本の方ですね。どちらからですか」

「九州は熊本です」

「熊本には、私、二年間いたことがありますよ」

「それはまた偶然ですね」

「では、よい旅を」

「さようなら」

とまでは、ならなくていいかも知れないが、私に言わせれば、日本から遠く離れた異国の地で、同じ国の人と会ったのだ。(あ、日本人)と思うのが、自然な感情だろうし、会釈のひとつくらい交わしたって、罰は当たらないだろうと思う。が、その人たちのほとんどは、見てはならないものを見たかのように、目をそらし、けっして視線を合わせぬまま通り過ぎる。

開館前のルーブル美術館に並んだときは、後ろの日本人男性が、前に同国人がいるとわかっているのに、わざわざひとりとばした私の前の、アメリカ人とおぼしき人をつかまえて、「何時頃開くんでしょうね」と英語で話しかけていた。

(僕は、日本人どうしつるむような「ふつうの日本人観光客」じゃありません)

と言いたいのかも知れないが、ああなると、ほとんどイヤミである。

サン・ジェルマン大通りでは、向こうからやってきた、日本人の若い女性のふたり連れが、すれ違いざま、私を一瞥《いちべつ》し、「イヤあねえ、日本人ばっか」「ほーんと」。そう言うお前は何人《なにじん》か。

思うに、あれは近親憎悪の視線だ。そもそも観光とは、かっこうの悪いものである。観光客どうしだと、相手の中に、おのが姿を見せつけられる。

だから、なるべく遭遇すまいとする。仮に遭遇してしまっても、「ふつうの観光客」なる基準を設け、自と他の間に一線を画そうとするのである。

似た者どうしは、やっかいだ。

味と値段は比例する?

仕事で、海の幸を食べることになった。伊勢志摩を旅して、紀行文を書きなさい、というものである。

世の中にこんなおいしい仕事が……いや、そんなことを言っては、世間の人から、「こちとら、たいへんな思いで働いてるというのに、何が伊勢志摩だ、何が海の幸だ」と非難される。

仕事だから、魚介類が好きだろうが嫌いだろうが、食べなければならない。これはこれで、なかなかつらいものがある。私はまあ、たまたま嫌いではなかったから、いいようなものの。

というわけで、早い話が、わくわくした気持ちで、伊勢志摩に向かった。

さて、その海の幸とは。活《い》け作《づく》りというのだろうか、サザエ、アワビ、伊勢エビなどが、生のままそぎ切りにして、殻の上に盛られている。アワビの刺身など、ほぼ三年ぶりだ。伊勢エビとなると、最後に口にしたのはいつだったか、にわかには思い出せないくらい前のことである。

まずは、サザエから。うまい。

次は、アワビ。う、うまい。

いよいよ、伊勢エビ。ゼリーのように透き通ったピンクの肉が、目の前でふるえ……と、うまそうなもののことを書くと、なぜか官能小説ふうになってしまう。ところが。

箸を置いて、あらためてそれを見た。なんというか、期待したほど、（うまい）という感じがないのである。

生きのよさの問題ではない。なんといっても、伊勢エビの伊勢、しかも浜からゼロ分で、とれたてを味わうにはこれ以上ないくらいのロケーションで食べているのだ。にもかかわらず、正直言って（甘エビの方が、おいしいのではないかなあ）と思った。

刺身は、まだいい。が、ゆでたのになると、感動と言えるものは、ほとんどなかった。おいしいことは、おいしいが、（そんなに騒ぐほどのものでもないのでは）と言いたいのだ。私にはどうも、伊勢エビというものは、高いから、おいしいとされているような気がしてならなかった。

うまさというのは、難しい。万人共通の尺度がないからだ。

それでも、安いものを「おいしい」と言うぶんには、割と人さまのウケがいい。例えば私はイワシが好きだが、人と食事をして、イワシの刺身などを注文すると、

「お、通ですねえ」

と妙にほめられる。

それに対し、値の張るものについて「おいしくない」と言うには、かなりの勇気が必要だ。へたをすると、

(伊勢エビなんか、うまいもんか)

と、めったに口に入るチャンスのない人間の強がりととられかねないし、逆に、

(もう、食べ飽きて)

と、グルメをひけらかすようで、物議をかもすおそれもある。要らざる誤解を避けるには、ほどほど賞讃した方がいいことになる。

かくして、高価なものイコールおいしいものであり続ける。例外は、マツタケだ。

「少しっぱかり、ありがたがって食べるより、シメジをたらふく食った方がましだあ」

とのヤケクソ的発言が、意外な拍手を浴びたりする。思うにあれば、マツタケが度を越して高いため、人々の胸に共通の不満があるのではないか。

味と値段の関係は、微妙なものだ。

不在者投票

選挙があるたび、街を宣伝カーがめいっぱい走り回る。選挙につきもののあの車。果たして効果があるのか、疑問である。

「お騒がせして、たいへん申し訳ありません。市長に立候補させていただきました、××野××でございます」

と言われても、その「××野××」さんが何者か、市長になって何をしてくれようというのか、まるっきりわからない。そういう車が引っきりなしにくるから、名前はおろか、市長の候補か、市議の候補だったかさえも、忘れてしまう。

京都に出かけたときは、ちょうど市議選の前日で、鴨川べりを「最後のお願い」に賭《か》ける候補者たちが、声をからして駆けずり回っていた。

「何はなくとも、××ひろし。世界広しといえども、××ひろしは、ただひとり」

あまりの内容のなさに、かえって名前を覚えてしまったくらいだ。向こうとしては、それが狙いめなのかも知れないが。ちなみに、その候補は当選したようだが、あの宣伝のためだとは、私は思いたくない。選挙であるからには、やはり政策で選びたいものである。

かくいう私も、打ち明けた話、二十代は、投票なんてほとんど行ったことがなかった。三十代になって、ようやく行きはじめた。

やってみると、あれは結構本気になるものである。よく「誰を選んだって変わらない」というけれど、少なくともこっちの心の持ちようは、俄然変わる。

とにかく誰かひとりを選ばなければならない。そうすると、そもそもどんな人が立候補しているかから、知る必要が出てくる。

新聞に折り込まれてくる選挙のチラシの、公約のところをじっと睨み、

（この人は、二十四時間介護体制をうたっているけど、こちらは、老人問題の優先順位が今ひとつ低い）

と政策を見比べ、チェックする。そうこうするうちマスコミで「事実上、有力三人の争い」と報じられ、私の思っていた人は、当選しそうもないことを知る。

するとまたチラシを引っ張り出し、

（放っといたら、この人になってしまう。それだけは避けたい）

（それを阻止するには、次善の策として、あの人に入れることだ。しかし、彼はここのところが、どうしても気に入らん。ううう、どうするか）

などと、私の一票がすべてを決するくらいの気持ちで、悶々としてしまう。

しかし、こっちとしては、それくらい公約を真に受けて選んでるのだから、選ばれた方も、きちんとそれを守ってほしいものである。

ところで私は、先回の都知事選の投票日には、京都にいることがあらかじめわかっていた。そこではじめて、不在者投票なるものをしたのだが、あれはあれで、疑問が多い。市役所のどこに、投票券と印鑑を持参のこと、とあったので、それさえ持っていけば、すぐに投票できると思っていた。ところが、さにあらずで、文面は忘れてしまったが「選挙の日にいないことを申請する文書」のようなものに、まず記入させられる。申請書には、「いない理由」というのがあって、四つくらい項目があったろうか。私は「四」の「旅行」に〇をつけた。その後ろにまた（　）して、「旅行の目的」という項目がある。それだけではない、さらに、旅行先の都道府県市町村名まで書かされるのだ。

京都府京都市と書き入れたが、こんなことなぜ必要なのか、理解に苦しむ。不正投票を防ぐため、との言い分があるのだろうが、旅行先の都道府県市町村名を書くことで防げる不正とはどんなものだか、知りたいくらいだ。形式主義としか思えない。

自治体の長に誰がなるかもさることながら、こういう「お役所」のやり方こそ、変わってほしいものである。

列車でカラオケ

カラオケが普及したためか、「歌わなくてはいられない人間」が、世の中に増えた気がする。

私の近所にもひとりいる。家の方向が同じらしく、夜、駅を降りると、よく前を歩いている。そのときに、必ず歌いながら歩いているというわけだ。

グレーの背広にネクタイを締めて、いたってまじめなサラリーマンふうの中年だ。酔っているのか、いつもたいへんご機嫌である。左手をマイクにみたて、胸を張り、右手を広げて手ぶりをつける。

曲はたいてい演歌系。「せつない思いを胸を秘め、歌い上げます『北の宿』」などと司会までやっている。

あるとき、めずらしく歌っていなかった。代わりに何やらぶつぶつ、つぶやいている。そっと目をやると、ネクタイがゆがんでいた。

「クソッ、俺《おれ》だって、俺だって」

俺だって何と言うのかと思ったら、

「カラオケ大会でトロフィーもらったことだって、あるんだからなーっ」

そう叫ぶや、空き缶を力いっぱい蹴《け》り上げた。

(怖ーい)

私はひそかに恐れをなした。どうやら酒場でマイクをめぐって、もめたらしい。マイクひとつで殺人事件も起こる時代である。さわらぬ神にたたりなしと、距離をとって歩いていた。

カラオケによってもっとも様変わりしたのは、NHKの日曜昼の「のど自慢」ではないだろうか。私は別に毎週見ているわけではないが、昔は、元気よく走り出てきて、力いっぱい声を張り上げるのはいいけれど、とんでもなく調子はずれの人だとか、非常にまじめに歌うものの、伴奏とどんどんずれてしまう人だとか、へたでも可愛気《かわいげ》のある人がかなりいた。それが番組の人気のポイントでもあったと思う。

今は、声量がないくせにやたらビブラートをきかせた、こずるいうまさの人ばかり。いかにも「カラオケに金を注《つ》ぎ込んでます」といった匂《にお》いが芬々《ふんぷん》と漂うのである。

私は、あの番組の予選大会が行われた町の、その夜の酒場は、どんなにか荒れるだろうと想像する。「てやんでえ、何であいつが出場できて、俺が出られねえんだ」とクダを巻き、それこそ刃傷《にんじょう》ざたになったりしないんだろうか。ＮＨＫの人も逆恨みを恐れ、町を歩けないのでは。

この前、東北新幹線の上りに乗っていたら、栃木県の某駅から四人連れの男が乗ってきた。ゴルフの帰りらしい。通路を挟んで私の隣の席に座る。

「ネエちゃん、ネエちゃん」

車内販売のワゴンを呼び止め、ビールと柿ピーを買い、さっそく飲みはじめた。酒が回ると、話すことはカラオケだ。東京駅に到着したらみんなしてくり出す相談である。歌いたくてうずうずしているようだ。

「お前、遅くなったら、奥さんに怒られるぞ、♪シゲミちゃん、遅くな〜ってごめんね」

「構うもんか、こいつの奥さんは、あなたのためならってタイプだからよ、♪あなた〜のため〜に、とよ」

「チャラチャッチャ、スチャラカチャッチャ」という調子。

（歌わないではいられないのか）と言いたくなった。上野駅に着いたら、予想どおり声を揃えて、

「♪上野発の夜行列車降りたときから〜」

東京駅まで、あとひと駅だったが、あまりのうるささに、前の方の席に移った。そのときの私は、もろに迷惑顔をしていたに違いない。と、後頭部に何やらこつんと当たるものが。なんと四人のひとりから、ピーナツを投げつけられたのである。

ああいう人はカラオケボックスに入ったまま二度と表に出てきてほしくない、と思うのは、私だけだろうか。

ヨーロッパでは……

「外国ではこうなんだから、日本でもこうしなければならない」的な言い方がある。例えば、エスカレーター論議。急ぐ人のために、片側を空けて乗るべきか否かというものだが、テレビに識者なる人が出てきて、

「ヨーロッパでは、誰もこんな乗り方はしない。こんなことをしているのは日本だけだ」

あれをされると、むしょうに反発を感じる。

(ヨーロッパがなんぼのもんじゃい。ここは日本だ)

と画面に向かってすごみたくなる。私は別に今の乗り方が正しいと主張するわけではないし、急いでいるときはいらいらすることがあるのも事実だ。が、何かというと、ヨーロッパを引き合いに出すのはやめて、片側を空けることそのものの是非を、正々堂々と論じ合ってもらいたいものである。

そう常々考えていたが、その私でも思わず、「どうして日本人だけが」と嘆きたくなるできごとがあった。

ところはオランダの博物館。レンブラントをはじめとする世界的な名作がたくさんあるため、各国から人々が訪れる。中はたくさんの部屋に分かれていて、扉を開け閉めして、次の部屋へ進む。後ろに人が続いているので、自分が入ったあとも手で押さえ、「サンキュー」のひとこととともに次々と手渡していく、というのがふつうの流れ。

ところが、まれに、「サンキュー」の「サ」もなく、さっさと通り過ぎていく人がいる。それが決まって、日本人というわけだ。

ラッキーとばかり身をすべり込ませて、すましている若者。当然だという態度でゆうゆうと過ぎていく中年の男性。

(状況を見ろよな)と怒りがこみ上げてきた。その後ろの人にしてみれば、ずっと開けられていた扉が、突然目の前で閉められるわけで、感じ悪いこと、この上ない。

日本に帰ってから、この腹立ちを、誰かに話したくてたまらなかった。が、何ぶん外国でのことなので、へたすると例の、ヨーロッパ云々の話と受け取られかねない。

私は何も、ヨーロッパがこうだから、日本もそうしろ、とは言わない。扉は必ず次の人のために開けておけ、と言うつもりもない。基本的には、自分で開け閉めするものだ。

が、人が開けておいてくれたなら、礼のひとことくらい言っても罰は当たらないだろうし、後ろに人がいるならば、同じようにするのが、まわりに対する想像力というものでは。今の日本、この想像力に欠ける人間がいかに多いことか。駅の券売機で自分の番がきてからようやく財布をとり出す女性、電車の中で老人をよそに二人分の席を占める若者。

ビルの入り口で、鼻先で扉を閉められては、溜め息とともに開け直す日々である。

サウナ人間模様

健康ランドのサウナにいたら、五十ちょっと前とおぼしき女性が、頭にタオルを巻いて入ってきた。

そこのサウナ室は割と広く、八畳くらいあって、木の段が三段、コの字型に並んでいる。入り口脇にはテレビがある。私はすぐに苦しくなる体質なので、いつでも出られるよう、いちばん下の段のまん中あたりに座っていた。

すると、入ってきたおばさんは私と私の隣の女性との、三十センチくらいの間に腰を下ろそうとするのである。よく電車の中で、

「そりゃ、いくら何でもムリだよ」

と言いたくなるようなほんのわずかな隙間に、ムリムリ尻をこじ入れてくる人がいるが、あれと同じだ。しかも電車の中と違って、ここでは裸。肌と肌とをくっつけ合って座るわけにもいかず、私と隣の女性は、しぶしぶ左右にずれたが、内心、(何、この人、

信じられない）という感じであった。わざわざそこに座らなくても、ほかにいくらでも空いているところはあるのだ。

それから、しばらくして体を洗いながら、はたと気づいた。

（あの人はもしや、テレビを観たかったのではないか）

むろん、どこからでも見られるが、私のいたあたりが、角度からしてちょうどいちばんいいのである。が、だからと言って人をどかしていいという法はない。

（自分さえよけりゃ、ほかの人間はどうなってもいいのか）

むらむらと腹が立ってきたのだった。

行くたびにいつも思うのだが、健康ランドというのは、それぞれの人間性がもろに出る。まさに裸の付き合いと言おうか。ドアの開け閉めから、タオルをどこにあてがうかまで。髪を洗って鏡のまわりに飛び散った泡を、流さないでそのまんまの人もいる。

という話を友だちにしたら、「私なんて、もっとひどい目に遭ったわよ」。

シャワーを使おうとしたが、どこもふさがっている。一か所だけ、先髪道具が置いてあるだけで、人のいないところがあった。道具の主は来ないようなので、シャワーの栓をひねろうとすると、どこで見ていたのか、中年の女性がものすごい勢いでとんできて、

「ここは私がとってあるのよっ、荷物が置いてあるでしょ」

と叱りつけたそうだ。

「そんなことしたら、シャワーの数が絶対足りなくなるの、わかりきってるのにね」

と友人。せちがらい世の中、サウナのシャワーくらい譲り合って使えばいいものを。男湯の方ではどんな「社会」が形成されているのか、一度覗いてみたいものである。

グリーン車の毛布

世の中の人を、暑がりと寒がりとに分けるとすれば、私は疑いなく後者だ。夏はつらい。冷房のせいである。

喫茶店だって何だって、ビールじゃないんだから、あんなにキーンと冷やさなくたっていいんじゃないかと思う。三十分と居られない。あれは、客の回転をよくするためにしているとしか思えない。それとも背広の男の人には、ちょうどいい温度なのか。だったら背広を脱げばいいのに。

「長袖がいよいよ手放せない季節となりましたねえ」

同世代の女性も、挨拶代わりにそう言う。

「私なんか、夏のバーゲンで買ったものといったら、長袖のカーディガンばかり三枚よ」

と私。去年は白のカーディガン一枚を、どこへ行くのでも持ち歩いたので、ひと夏でぼろぼろになってしまった。

電車の中が、また寒い。あれは、冷房が頭の方からくるから、はおるものでは防げない。身を守るためには、乗ると同時に、ファンの風向きを見極めて、なるべく風上に立つという、すばやい判断力が要求される。

ところが、今の電車の冷房は、ごていねいにも乗客に風を「均一」に送ってくれるものが多いのだ。

頭髪の間の肌をじかに、冷たい風に吹かれるほど、嫌な感じのものはない。体じゅうが総毛立ってくるのがわかる。そういう日は、帰ってから、風呂にゆっくりつかり、体をしんから温め直さなければ、おさまりがつかない。

この季節、女どうし電話で話すと、つい冷房の話題になる。自分の会社がいかに寒いか。そして「私の冷房対策」は。

「ジャケットより、カーディガンがいいよ」「そうそう、あれは膝かけにもなるし」「じゃまあ、お互い寒さに気をつけて、ということで」などと、まるで冬の会話である。

しかししかし、同じ店や電車の中には、ノースリーブの女性もいるのだ。私にはとても信じられない。

が、あえて言えば、私はそれが若さのせいとは思わない。暑がりか寒がりかを分けるのは、年齢ではなく血圧であるというのが、私の説。

私の母は、下が一二〇、上が一八〇という高血圧で、私のほぼ倍だ。そのためか、私とは、ひと季節ずれてると思うくらいの薄着である。よく、太った人は暑がりだというのも、体型そのものがどうこうではなく、太った人には血圧の高い人が多いからではないか。もしそうなら、それもまた、私の説を裏づけていると考えられる。

この前は、新幹線のグリーン車に乗っていたら、新横浜から、体つき、雰囲気ともに、見るからに高血圧そうな、中年のご婦人が乗車してきた。ボストンバッグとともに、通路をえっちらおっちらやってきて、私の隣の席におさまったときは、すでにして汗だくだった。私は例によって、寒かったので、グリーン車備えつけの毛布にくるまっていた。ご婦人は、私を一瞥し「暑っつい」とつぶやいて、切符でぱたぱたあおぎはじめる。そんなものであおいだって、風なんか起こらないのではと思うけど、あれはもしかして私への当てつけだったのでは。汗だくのときに、ぬいぐるみをそばに置かれるみたいなもんで（見るだに暑い、やめてくれ）と言いたかったのかも知れない。

暑がりと寒がりの共存は、難しい。

やっぱり疲れる温泉旅行

今年の正月も、例によって親や姉一家と温泉に行った。昨年は安かったのはいいが壁が薄く、隣の部屋の家庭争議をひと晩じゅう聞かされるというえらい目に遭ったので、今年はそこそこの宿をとった。大人一人が一万八千円である。

この旅館が、痒いところに手が届くというのか、まことに至れり尽くせりなのだ。まずはひと風呂浴びようと、簞笥から浴衣とタオルを出すと、そのほかに、身のまわりのこまごまとしたものを入れられる、ビニールの巾着袋《きんちゃくぶくろ》があるではないか。

「ああ、私、こういうのがあればいいなあって、思ってたのよ」

姉が、感に堪えないような声を上げた。なるほど、これがあれば「大浴場へ続く廊下に、パンツがひとつ、ぽつんと落ちてる」なんてこともなくなるわけだ。しかも、その袋の中には、耳かき用の綿棒まで入っているという、こまやかさである。

まずまずの夕飯をすませ、「ああ、苦しい」「食べ過ぎだ」。みんなして腹をさすりながら戻ってくると、水さしのそばには、胃薬がちょこんと置かれている。

「しかし、こういうところの飯って、いっぱい食べたようでいて、夜中に突然ラーメンが食べたくなったりするんだよな」

と姉の夫がつぶやきつつ、「ご案内」のパンフレットをめくると、館内にはなんと夜十時開店のラーメン屋まであるというのだ。

「ほんと、女将《おかみ》の心づかいが、すみずみまでゆき届いてるって感じね」

みんなで、そううなずき合った。

問題は、その女将。

「ご案内」には、女将が笑顔で挨拶をしている写真がついていた。年の頃は、四十半ばだろうか。いかにも旅館の女将らしく、和服である。

「へえ、美子さん（仮名）ていうのね」

と、その名はいやでも記憶された。そこまでも、まだいいとしよう。

が、その女将の名と写真が、備えつけのあらゆる刷りものという刷りものに、載っているのである。いわく「お客さまとのふれあいを　美子の手づくり教室」「美子のおすすめ　民芸ふうお土産品」。売店で買えるらしい化粧品のパンフレットも挟まっていたが、そこでは「美しさとは」といったテーマで、化粧品会社の女と美子さんが、じきじきに対談までしているのだ。

夕飯が、やけに胃にもたれてくるようだった。姉の夫も、ラーメンが食べたいとは、もう言わなくなった。

翌朝十時、宿を出ようとした私たちは、玄関のそばのもっとも目立つところに膝をついて座り、靴をはく人にほほ笑みかけている、和服姿の女を発見した。美子である。

四時起きしてセットしたのではと思われるくらい、高々と結い上げた髪をして、化粧にもまったく隙がない。部屋という部屋の案内に、自分の写真を刷り込んでおき、その顔と名が、泊まり客の間にあまねく知れ渡ったところへもってきて、

(私が、その心づかいをさせていただきました美子です)

とばかりに登場し、ご挨拶をしているのである。

「美子は、あの家の娘ではない」と、帰りの車の中で、父。旅館の娘として躾られたなら、ああいうしゃしゃり出かたはしないはず、というのが父の説だ。

私は彼女を、あの家の嫁ではないかと睨んでいる。背景に姑との対立があり、自分でこの旅館をもり立て、見返してやろうと思ったのではないか。

心づかいというのは、さり気なくしてこそ効を奏す。こうまでされると、くつろぐよ

りも、辟易する。さては裏に何かあるのではと、へんに勘ぐりたくもなる。

今年もやはり疲れて終わった、温泉旅行であった。

9

「買い物」のてんまつ

女性週刊誌

女性週刊誌は、なかなか売れるそうだ。発売日になると、新聞の夕刊にちゃんと広告が載る。

この「夕刊に」というところが、いかにもおのれを知っていると、私は思う。

基本的に、あれは覗き趣味である。有名人の誰と誰が、くっついた離れたという。そして、覗きはやはり、朝には合わないというか、家に帰ってひとりひそかに、一行一行たんねんに読むところにこそ、味わいがあるのだ。

夕刊を広げて、そのテの広告がひとつもないと、がっかりする。二面にも三面にもわたっていたりすると、胸がわくわくする。(読む前にひとつ、お茶でも入れましょうかね) ということになる。

たまに、載せきれなかったのか、テレビ欄の二面前あたりに、おまけのように突然また出てくることがある。そんな日は、何かたいへん得をしたような気持ちがする。

電車の中でもそうだ。まっ先に目がいくのは、女性誌の広告である。が、この中吊りというのも、日によって結構当たり外れがあるもので、どっちを向いても、「好感度アップ春色メーク」「オフィスで人気　ブラウススーツ」といった、きれいきれい系ばかりだと、

（ふん、今日はたいしたことないな）

と、腹立ちまぎれに、ののしりたくなる。ひと車両全部、新商品の買い切り広告だったりすると、怒りを通り越して、憤りすら感じるくらいだ。

これほど楽しみな女性週刊誌の広告だが、それでもって買うかとなると、話は別だ。先に言ったように、あれは基本的に覗きである。それを、堂々とレジにさし出すには、今ひとつ勇気が要る。

（私はこれから家に帰って、覗きをします）

と、まわりに対し、背中で宣言するようで。覗きをしようとしている後ろ姿を、人に見られる恥ずかしさ、といおうか。かなりの思い切りを要することは、間違いない。

その必要がまったくなくて、かつ、心ゆくまで読みふけることのできる場所が、ひとつある。美容院だ。恥のかき捨てというか、あそこでだけは堂々と読んでいいことに、女たちの間でなっている。おたがいパーマのロッドをぐりんぐりんに巻いたあられもな

い姿を、はじめからさらけ出し合っているせいか。(今さら、ミエも何もないわ)という気持ちになれるのだ。

鏡の前に座ると、女たちが女性週刊誌にいかに興味しんしんかが、よくわかる。品のいいファッション雑誌、生活雑誌など、何冊かあっても、たいていの女が手にとるのは、誰がどうした話《ばなし》のものだ。

私もその例にもれない。が、ときには、まだ髪も切りはじめないうちから飛びつくのも何だからと、わざとほかのにすることもある。むろんそこには、楽しみはあとで、という「じらされる喜び」もひそんでいる。

ところが、ところが、そんな手の込んだことをしていると、そのテの雑誌に興味がないとみなされるのか、「失礼しまーす」と、店員にあっさり持っていかれてしまうということが、往々にしてあるのだ。

しかたなく、家に帰ってから、夕刊の広告を眺め、行間を読み込んでは、想像をふくらませるのである。

マス席券はどこにある?

大相撲のマス席券は、非常に手に入りにくいと言われている。にもかかわらず、というか、なるほどと言うべきか、国技館は連日「満員御礼」だ。あの人たちはいったいどのようにして、チケットを入手したのだろう。私の知り合いにも、

「マス席で観たよ」

と報告してくるものが、ちらほらいる。けれども私は、

「チケットを自分で買った」

と言う人にお目にかかったことがない。みんな、「招待されて」である。それでもって、招待した側の人も、自分で買いにいったわけではなく、誰かにもらったという。いったいどこから回ってくるのか。

マス席で、国技館特製のヤキトリにみんなで舌鼓を打ちながら、四人のうち誰も、そ

の券の出どころを知らなかったりするのである。

チケットぴあで申し込みを受け付けている、との噂もある。が、試したことはない。（ああいうところの電話はどうせ、発売と同時にお話し中ばかりになり、ようやくつながったときにはすでに売り切れ、ということになるに違いない）

という頭が、はじめからある。何かの雑誌で、編集部の人たちが試しにかけてみたら、千何百回めにやっとつながった、というのも読んだ。いや、何百回めだったかな。その違いもどうでもよくなるような、とにかくたいへんな回数だった。

が、もともと相撲好きな私のこと。マス席への思いはふくらむばかり。

（どこからお声でもかからないものかなあ）

と考えながら、街を歩いていたら、ふと、

「大相撲マス席券あります」

との貼り紙が。いわゆる金券ショップの看板に、控えめな文字で書いて貼ってある。

夕方で、そこらの店がそろそろシャッターを下ろす頃。金曜で、あさっての日曜からは相撲がはじまろうという日だ。いったい、いくらくらいするものなのかと、私はその店に入ってみることにした。

カウンターの中に、五十がらみの男の人がひとり。

「ちょっと伺いますが、あのマス席券というのは、おいくらですか」

するとと主人は、

「うーん」

と謎の唸り声を上げてから、後ろのカレンダーを指して話しはじめた。

「マル印のついてる日、つまり二日めと十二日めと十三日めの券があって、十二日めと十三日めは十九万で売ったんだけどね、二日めだけ売れ残っちゃってるんだよ」

二日めといえば、月曜だ。しかもその店は、土日はやらないという。

「売れないと困るし、うーん、十五万円！」

思いきって値を下げてきたので、私はたじたじとなった。

「じゃあ、帰ってから家族に相談して」

「ちょっと待って、いくらなら買える」

「わ、私の一存では」

「そうか、じゃあ、十三万！　いや、こうなったらもう十二万でいい」

いやはや、わずか数分間、あーとか、うーとか言っていただけで、みるみる七万円も下がってしまうとは。マス席券の値段というのは、いったいどうなっているのだろう。

不思議の感は、ますます強まるばかりである。

しかし、十二万はなあ。いかにも高い。ひとマス買い切るなんて、とてもできない相談だ。マージャン屋の前にはよく、「おひとり様でも入れます」と書いてあるが、あれと同じに、ひとりぶんだけでも買えて、店の方で四人揃えてくれるなら、まだいいのに。

ああ、でも十二割ることの四で、それでも三万円もするのか。

(これは、やはり、どこかからお声がかかるのを待つしかなさそうだなあ)

定休日を前にした主人の必死の売りつけから這《ほ》う這《ほ》うの体で逃がれ、店を後にしながら、あらためて思ったことだった。

呪いのひと針

私が買い物をするのは、たいていはデパートだ。いろいろなショップがひとところに入っているので、私のようなものぐさには、ありがたい。

が、かえって面倒なこともある。いわゆるショップではなく、ブラウス一般、セーター一般、となっている売り場。制服の店員さんがいるところだ。ああいうところは、店員どうしの競争があるのだろうか。売りつけが、とにかく激しい。

先日は、ブラウスを買いにいった。目的ははっきりしていた。法事用のスーツの下に着る、黒いブラウスが必要だった。

ところが、店員は私がちょっと手にとるや否や、

「いいですよ、これは。絶対いいです。ほら、こんなふうにして」

せわしなく人の胸にあてがう。用途も何もお構いない。五十年配の女の店員である。

丸首のスーツの下に着る場合、いちばんの問題は襟ぐりだ。レースの襟だけちょうど

出るのがいいのであり、それ以上でも以下でも困る。そのために、スーツの上着を持ってきていた。すると彼女は、ひとの上着を取り上げて、ブラウスをぎゅうぎゅう詰め込み、

「ほうら、おぴったり！　スーツには、これがいちばう合うんです」

私には、彼女がかなり強引に合わせたように思われた。なおかつ、首と袖口の金ボタンが問題だ。ご法事なのだから。そう言うと、

「あら、こんなの、見えませんよ」

と自信たっぷりに言い切るのだ。が、首はともかく袖口は、お焼香のときに必ず覗くものであることを、私は知っている。

私が立ち去ろうとすると、彼女は次々他のものを持ってきた。その持ってき方が、ほとんど「黒なら何だっていいんでしょ」とでも言うように、まるで脈絡がない。

「これなんかも、いいでしょ。タイをこうして、おリボンの形に結んで」

「そういうのは面倒ですから」

「あら、ちっとも面倒なんかじゃありませんよ」

(面倒かどうかは私が決める！)と言いたくなった。お前が着るんじゃないんだ、と。

「とにかく、まずひと回りしてきます」

言い置いて、彼女から離れた。

回った結果、さっきの以外にはないことがわかった。あれがベストチョイスというわけではけっしてないが、法事の日も迫っている。袖口の金ボタンだけ、黒のに付け替えればいい。戻っていくと、彼女は、(それ、ご覧)とばかりに、ブラウスをひったくって、レジへと向かった。

その夜、蛍光灯の下で、針仕事をしていた私は、あーっと声を上げた。袖口のレースが、縫い目がほころび、とれかかっているではないか。

が、返品するわけにはいかない。すでにボタンを付け替えてしまったのだから。店員の顔が、むらむらと浮かんできた。同じブラウスはもう一枚あったのに。そもそも客に、商品をろくすっぽ見せもしないで買わせるから、こういうことになる。まったく何の因果で、買ってきたばかりの品を、繕ったりしなければならぬのか。

(うう、あそこでは二度と買い物なんかするものか)

ひと針ごとに、呪《のろ》いを込めながら、レースを縫い付けたのだった。

「タダ」の罪

スーパーで「袋要らない運動」をしているところが多くなった。バッグを持参し、資源の節約、並びにゴミの減量に努めましょうというもの。

私の行くスーパーでもやっている。レジで「要りません」とひと声かけると、代わりにシールを一枚くれるというしくみ。二十枚たまると百円もらえる。つまりは、あの白いビニール袋ひとつが、五円につくわけだ。

ところが、その先を観察していると、意外なことに気づく。

レジを出たところの台には、半透明のポリ袋がロールになって、据え付けられている。こちらは節約したからといって、金になるわけではない。タダである。

するとそれを大量に持っていく人がいるのだ。資源の節約に協力した「地球にやさしい」人のはずなのに。

ロールの前に陣取って、力まかせに引っ張り、歯を食いしばるようにして、ぐいとちぎる。あまりの勢いに、ちぎったあとロールがからからと空回りするほどだ。帯状につながっているポリ袋を、一枚一枚切り離す。でもって、今度は別人のようなていねいさで、カゴの中の食品をひとつひとつ、包んでいくのである。豆腐、もずく、冷凍の茶わん蒸し。

なぜ、そうまでして包まなければならないか、理解に苦しむ。帰ってからいちいち出すのだって、たいへんだろうに。それらの中には、破れると水が漏れて、困るものもあるだろう。が、それだってはるばる工場から、その包装のまま運ばれてきて、何ともなかったのだ。家までの間に破れる可能性は、非常に少ないと考えられる。むろん冷凍食品など、ものによっては、多少はバッグを濡らすかも知れない。が、それならそれで、濡れても構わないバッグを、はじめから持ってくればいいのである。

それでも包みたがるのは、いわゆる潔癖症候群か。が、朝シャンしないと気がすまないという若い女ならともかく、中高年の女性。そう潔癖症にとりつかれているとも思えない。

豆腐は豆腐、油揚げは油揚げと、あくまでも別々の袋に分けてたりすると、

(その豆腐と油揚げ、いっしょに入れなさい、いっしょに)

と人ごとながらつい、口を出したくもなる。

それとも、あれだろうか。目的は包むことではなく、袋の入手であり、ポリ袋を持って帰りたいがために、周囲に言い訳をしているのか。(私はただかっぱらってくんじゃありませんからね、ほうら、こうして包むために必要なんですからね)と。

中には、言い訳すらしない人もいる。ぐるぐるぐるっとトイレットペーパーのように巻き取って、バッグに突っ込み、目が合う私を、はったと睨みつけていく。(もらっていって、何が悪い)と言わんばかりの剣幕で。ああいう人には百円あげるどころか、逆にポリ袋代を徴収しても、罰は当たらないのではなかろうか。

私が驚いてしまうのは、ポリ袋代もこと欠くような、困っている感じの人ならまだしも、いかにもお金持ちそうな奥さま方にまで、そうする人がいることだ。「人は見かけじゃわからない」という言葉が、そのときほど思い出されることはない。「タダ」とは人を誤らせる、罪深いものである。

防毒マスク

私はあまり地下鉄に乗らないから、そう日常的には感じていないが、世間では、サリン事件の「後遺症」が、消え去ったわけではないようだ。友人のＯＬも、

「私、もう長いこと、自分の会社に正面玄関から入ったことない」

とぼやいていた。正面はシャッターが下ろされ、社員はみな通用門から、社員証を提示して出入りする。もしも忘れてしまったら、たとえ役員といえども、けっして通ることは許されないとか。

「駅ならまだしも、会社にばらまかれることもないでしょう」と私が言うと、

「でも、ほかにも、嫌がらせとかいたずらとか、いろいろあるからね。今の世の中、どこに危険が転がってるかわかりゃしない」

たしかに、爆発事件などもままあるし。

別の友人の会社では、夏でも、「通勤時はできるだけ長袖着用のこと」というお達し

が出たという。

「サリンは皮膚からも入るっていうからね。半袖よりまだ、助かる可能性があるってことでしょ」と友人は解説する。ちなみにその会社では、ビニール袋の携帯も義務づけられているという。「すわ、悪臭」となったら、吸い込まないうちに、すっぽりとかぶるんだとか。そして、匂いに背を向けずに、とにかく直角に逃げよ、との心得も。社員の安全のために、最大限の注意をはらっているのはわかるけど、そうすればするほど逆に、(われわれにできることは、これくらいしかないんだ)と思い知らされるようで、何かムナしい。

そのまた別の友人は、ついに防毒マスクを買ったそうだ。渋谷の「東急ハンズ」で、売ってたそうな。ややかさばるのが難点だが、お弁当といっしょに、毎日バッグにしのばせて通勤している。

「えー、そんな、心配のし過ぎじゃない」と思わず言うと、

「確率的には、どんなに少なくたって、たまたまその場にいちゃったら、終わりなんだからね。自分の身は自分で守るしかない」

と反論されてしまった。

念のため、買うときに、女の店員さんに、「あのう、これ、サリンには効きますか?」

と質問したら、

「サリンについてはデータがありませんが、ホスゲンには効きます」

即座に断定して答えたという。あの若者の街、渋谷の店の一角で、ふつうのＯＬと店員とが、サリンだのホスゲンだのという会話を、冗談でなく交わしているなんて、想像できないような。前までは、あり得えなかったシチュエーションだ。

電車といえば、痴漢に気をつけてさえいればよかった日々が、今となっては、なつかしく思い出される。

他人の印鑑を買う

小包などがくると、決まって、「判こ下さい」と言われる。「すみません、今ちょっとないんですけど」と、おたおたすると、「じゃあ、サインでもいいです」。

「岸本」と書きながら、心の中で、首を傾げる。（こんなんで、いいんだろうか）。印鑑との間には、ずいぶん開きがあるような。早い話、誰だって書けてしまうではないか。文字だけでは、なんとなくもの足りなく、「岸本」を丸で囲んでみたりするが、基本的には変わらない。

不在配達の知らせをもらって、郵便局に取りにいくときも、そうだ。通知書、印鑑、および本人であることを確認できる証書、の三つが揃わなければだめのように書かれているが、現実には、印鑑を忘れても、サインで何とかなったりする。

利用者にとっては、その方が助かるといえば助かるが、どうも日本の社会というのは、判こ、判こと騒ぐ割に、あるいは騒ぎ過ぎた結果かえって、というべきか、実は判こをそれほど重視してないんじゃないかと思われるのだ。

だいたい、判こそのものが、そのへんの文房具屋にいくらでも売っているのである。受け取りに捺《お》すくらいのものなら。

私も買ったことがある。北海道の近藤さんにお金を払い、出版社あての領収書をもらってこなければならなかったのに、うっかり忘れ、今さら、

「これに署名、捺印《なついん》して送り返して下さい」

と送りつけるのも何だから、「近藤」の印鑑を一本三百円かで買ってきて、自分で作ってしまった。もしかして私文書偽造にあたるのかも知れないが、あまりにやすやすと購入できてしまうので、今ひとつ罪の意識がしない。

会社にいた頃などは、もう一日何回捺すかわからないというくらい、乱用していた。出勤簿も判こ、回覧に目を通しても判こ。女子社員どうし、パンストのカタログ販売のパンフレットを見たといっては判こ。ことあるごとに使う。

ボールペンなどが誰のものか示すときも、判こを押した紙を、セロテープで貼っておく。要するに、名前を書くのが面倒なので、判ですまそうというのである。小包の受け取りのときとは逆で、サインの代わりなのだ。

こうなると、判この威力もうすれ、「岸本」とくっきりと捺されたボールペンを、隣の上司が、平然と使っていたりする。

実印なる仰々しいものを、わざわざ別に作らなければならなくなるのも、わかる気がする。

特効薬

暦の上では春になっても、風邪を引いている人は多い。

ある週は、人と会う用事が二件続けて取り消しになった。熱が高くて、どうにもならないという。

（いやあ、そんなに流行っているのか）

あらためて思った。新聞に、「インフルエンザ大流行」「三つの型が同時に」などと書いてあるのは知っていたが、出かけることが少ないので、これほどまでとは想像しなかった。

「社内でも、たくさんいますよ」

仕事で会った人は、そう話していた。ほとんど挨拶代わりに、風邪の話題になる。

「私のシマは、ふたつのシマにはさまれてるんですけどね。昨日はこっちでひとり休んだ、今日はこっちと、だんだんに迫ってくる感じですよ。まあ、せっせと、うがいはしてるんですけど、気休めですね」

次は自分か、と思いながら席にいるのは、あまり気持ちのいいものではないだろう。

私が会う中には、すでに引いている人もいる。きちんと背広を着てはいるが、顔色が悪く、頭なんて何日も洗ってなさそうなのが、いたいたしい。くしゃみをしてから、照れかくしのように、

「今年の風邪はしつこいですね」

と付け足している。が、わざわざそう言うまでもなく、風邪というのはもともと、しつこいものなのだろう。会社には、風邪ごときでは休めない、という不文律があるから、なおさらだ。治療薬がなく、ひたすら寝て治すしかないといわれる風邪こそ、ほんとうは休むのにじゅうぶんな理由になるはずなのに。

私はといえば、冬の半ば過ぎまで、引かずにすんでいた。やはり外に出る回数が少ないから、ウイルスにふれる機会もないのか。(いいや、だからこそ、抵抗力がないということもあり得る)と、気を引き締めてかかっていた。

ところが、病は気からということわざを裏切り、ある日電車で帰る途中、たまらなくぞくぞくして、節々が痛くなってきた。熱だ。どう考えてもこれは、八度以上ある。

駅で降り、薬屋の女主人に訴えると、

「今年流行りの香港A型です。その熱は、解熱剤を服用しても、五日以上は続きます」と言い切った。にもかかわらず、アスピリン一錠飲んで寝たら、翌朝には嘘のように治っていたのだ。

都内で初の香港A型の患者が出た、と新聞で読んだのは、それから一週間も経ってから。してみると、あの熱は何だったのか。はたまた、薬屋の女主人の自信に満ちた断定は。いまだに謎である。

切符

友人の女性とふたりで、中央線の立川から、電車に三十分くらい乗って、吉祥寺の駅まで帰ってきたときのこと。ホームからの階段を、カーディガンのポケットを探りながら下りていた私が「あれ」と口ごもる。

「どうしたの」と彼女。「いや、そのう、切符が」。言いにくいが、切符がない。

「ええっ、よく調べてごらんよ、その傘持っててあげるから」

下りきったところで立ち止まり、彼女に傘を預けて、本格的に探しはじめた。

「バッグの中は？」

「見た」

「バッグの内ポケットは？」

「見た」

「お財布は？　切符買ったときお釣りといっしょに入れたんじゃない」

「見た」

「ひょっとして、スカートのポケットじゃないの」

「このスカート、ポケットないんだよ」

問答をくり返す私たちのかたわらを、下りてきた人たちが、次々と通り過ぎていく。

よく改札のそばで、足もとにビジネスバッグを放り出し、汗をかきかきあっちこっちのポケットに手を突っ込んで、ひとりで大騒ぎしてる人を目にしては、

（間抜けなやつがいるなあ）

と思っていたが、自分がその当人になろうとは。

「あきらめるな。絶対あるはずだから。捨てたわけはないんだからさ」

友の励ましにもかかわらず、どうしても見つからない。

（こういうのって、家に着いたあたりで、ハンカチの間か何かから、ぽろっと出てきたりするんだよなあ）

と今から予想されつつも、とにかくないからには出られないので、払うほかない。

立川からまるまるの運賃というのも、さすがにシャクなので、隣の三鷹駅から乗ったと、「虚偽申告」をすることにする。

「バレないかな。向こうはプロだし」

びくびくする私に、友人は、

「やましいことないよ。もともとちゃんと払って乗ってるんだから」

あくまでも堂々としている。

三鷹からの百二十円を受け取りながら、駅員さんはこうクギをさした。

「よく探した？　あとで見つかったって言っても、お金返せないからね」

そのことからも、切符を失くす人が、いかに多いかがわかる。あとになって出てきたと言ってくる人も、少なくないようだ。

いったいなぜ切符というのは、かんじんなときに限って行方不明になるのか。

私は小心者だから、日頃から切符には気をつけている。改札を通るや、

（失くしてはいけないから、ちゃんとしたところにしまっておこう）

と考える。で、その場所を忘れる。たかだか三十分かそこいら乗っているだけなのに。

そして、全然関係なくなってから発見し、

（この切符何だったっけ）

いちばんひどかったのは、新宿へ出かけたときだ。

（込みそうだから、今のうち帰りの切符も買っておこう）

と、自分ではものすごく「賢い」ことを思いついたつもりでいた。

何日かして、手入れのためにバッグを逆さにしたとき、改札の穴もあいていないまっさらな切符が、ひらひらと落ちてきた。「新宿▼二一〇円」。

あれーっと思った。これはもしや、あのときの。せっかく買ったのに、そのことをまた忘れ、あらたに買って帰ってきたらしい。もの忘れもここまでこようとは。

ちなみに立川からの切符は、内側が茶色いバッグの底に、裏返しのまま、いわば「保護色」となって、ぴったりと貼りついていたのだった。

因果はめぐる？

新聞の折り込み広告を見ていたら、とあるチラシが目を引いた。「日本縦断　客車輸送機関　忘れ物大会」。忘れ物の品々をいっきに放出しますというセールのようだ。隣の駅のスーパーの特設会場で開催されている。

忘れ物と聞けば、他人事とは思えない私、(いったい人はどんなものを忘れるのか)という好奇心と、(ついでに何か掘り出し物があれば)の欲から出かけていった。

ちなみに主催はスーパーでもJRでもなく「株式会社××忘れ物グループ」。それこそ全国のスーパーを、忘れ物とともに「巡業」して回る会社と思われる。

さて、その特設会場では。多いのはやはり傘だった。ラックに柄をかけ、ずらりと並んでいる。

「遺失物回送切符」なる荷札のようなものが、ついていることもあった。片面には、拾得場所・日時や、拾得者住所・氏名。拾得者「駅員」、そして「権利放棄」となっているのが多い。それから遺失者住所・氏名。これは、むろん空欄だ。

もう片面は、××駅長殿・××線××駅と、回送先・回送元の判が押してある。「中津川」とか「武豊」なんてものもあり、「思えば遠くへ来たもんだ」という、旅情のようなものさえ感じられる。さすが「日本縦断」と銘打つ催しだけのことはあるのだった。

ものによっては、柄のところに、名を彫ってあったり、判読はできないが、マジックで住所・名前・電話番号を書いてあったりした。

（こんなにだいじにしている人でも、忘れるときは忘れるんだ）

と思うと、「君も私も同じ人間」というか、この頃とみに注意力が信じられなくなっている自分への、わずかながらのなぐさめになる。

（ひょっとして、私の忘れた傘にめぐり合えるのでは）

と夢のような期待も抱いたが、現実には、そんなことはないのだった。

ほかに多かったのは、鞄、財布。いうまでもなく中は空である。ヘッドホンカセット。これも日頃つけている人の多さを思うと、当然だ。カメラ、眼鏡。これらはおそらく旅の長距離列車の中などで、窓のそばに置いたままつい忘れてしまうのだろう。判こ「三本百円」というのもあった。これは私にもおぼえがあるのでわかるけれど、領収書を捏《ねっ》造《ぞう》したい人には、実にもってこいなのだ。

いちばん客を集めていたのは、時計だった。

「あらー、あなた、さすがだわ。いい買い物よ」

売り場のおばさんの声。

「この時計、ふつう五万円以下じゃ出ないよ。創業何十周年記念って、文字が入っちゃってるから、この安さなのよ。十分の一の値段よ、あなた」

掘り出し物と言われた女の客は、宝クジにでも当たったように頰を上気させていた。

私がぐらついたのは、四百六十円のジャンプ傘だった。新品に近く、かなりお買い得だ。買っても、また忘れるかも知れないことを考えると、こういう安いのにしておいた方がいいのでは。

やがて、拾得されたそれは、回り回って、いつの日かまた売りに出されるわけで。そう思うと「線路は続くよ、どこまでも」みたいな果てしない気持ちになる。

人間が「忘れる動物」である限り、忘れ物たちの旅も続く。

慌てて買った「この一品」

おのれはこんなに小心者だったかと、われながら呆れるできごとが二回あった。地方都市へ出かけるにあたって。

私めにもシンポジウムのパネリストや講師などのお声がかかることが、たまにある。そのために遠出することが、二回続いた。

一回めは関西。羽田を朝の八時半発の飛行機に乗らねばならない。間に合うためには、五時半起き。私にとってはほとんど夜中である。

とにかく飛行機に乗り遅れないことが、この仕事のひとつのヤマ場といえる。けっして寝坊することはできない。旅行用の目覚まし時計まで引っぱり出し、目覚ましふたつの態勢をとることにした。それでも、前の晩ふと、

（確率的には非常にまれではあるが、もしも、よりによってこの夜に、目覚ましが二つとも止まってしまったら）

と考えて、九時過ぎに慌てて電池を買いに、コンビニへ走ったくらいである。

十時には布団に入ったが、緊張のあまり寝つけず、切れ切れの眠りの間にも、飛行機に乗り遅れる夢を、バージョンを違えて三回も見てしまったほど。強迫観念にとりつかれているとしかいいようがない。シンポジウム会場に到着したときには、寝不足と疲労でげっそりとやつれ、目の下にクマができていた。

二回めは関東北部の某市で「成人大学」の講師をつとめたとき。朝はそれほど早くなかったが、神経をとがらせたのは忘れ物だ。

パネリストと違って、ひとりで二時間喋りづめに喋らなければならない。そのために、本を読んだしノートもとった。引用などもできるようページに付箋をつけたりまでした。それらを万が一忘れては、二時間立ち往生してしまう。

封筒にひとまとめにし、何日も前から鞄に入れておいた。それでも、前の晩点検し、

(いいや、こうやって取り出してみたりするうち、入れ忘れるんだ)

と、また確かめるというしつこさ。そして、その朝、鞄を持って家を出て、駅に着こうというときに。

(あーっ)

心の中で叫んだ。印鑑を持ってこなかった。忘れ物はないか、あんなに気をつけてい

たのに、みごとに忘れてしまったのだ。

家に戻ったりしては、間に合わない。判この必要な書類だけ、あとから送ってもらうことはできるだろうか。が、「当日は必ず印鑑をご持参下さい」と前々からくり返し言われてきたのに忘れたとあっては、人間性を疑われる。

駅のそばに文房具屋があったのを思い出した。行ってみると、ちょうど店を開けたところだ。自分がどこにでも転がってるような姓であることに、このときほど感謝したことはない。珍名奇名の類だったら、万事休すである。

おかげで二時間はつつがなく過ぎ、書類上のこともすんで、係の人たちと談笑していたとき。年長のひとりの人が、

「いやあ、私どもも、どんどん忘れっぽくなりまして。年のせいでしょうか」

いやしくも「成人大学」の講師、私はなんとか励ますようなことを言わねばと思い、

「年は関係ありませんよ。私なんかも現に今日」

印鑑を急きょ買った話を打ち明けると、

「どうりで、いやに新しいなとは思いました。朱肉がついてない上に、こう申しては何ですが、いかにもそのへんで売ってそうな、プラスチックケースに入ってたんで」

とっくに、バレていたのであった。

あとがき

いつだったか電車に乗って、ぼんやりと雑誌の広告を眺めていたら、こんな見出しが目に飛び込んできた。

「三十前後、やや美人が危ない」

（うむ、たしかに）、吊り革とともに揺られながら、思った。何がどう危ないのかは、雑誌を買わなかったのでわからないが、まさにその年齢にある私にとって、その一文は妙に説得力があったのだ。

「三十前後」というのは、女にとってかなり微妙な年齢である。まわりの男女は結婚し、どうかすると一児の父、二児の母になったりしている。それに比べて、相も変わらずアパートで同じような生活を続けている自分。

ウルトラマンの危険信号のように、老後まで頭にちらつきはじめる。もしもずっと、このままだったら。なるべく避けたいパターンではあるが、ないとも限らない。

（もうそろそろ、女としてひとつの覚悟を決めるべきときか）などと、突然マンションの購入を考え出したりする。そういう年齢だ。

一方で「やや美人」。この「やや」というのがクセモノである。「美人」は限られているが、「やや」が付くとぐっと適用範囲が広がる。今の時代、化粧品はかなり進んでいるしファッションもいろいろだから、「私は美人」とは胸を張って言えなくても「やや」くらいなら許されるのではと、多くの女性が思っているのではないだろうか。ちょうど、日本人のほとんどが自分を「中流」と意識しているように。私も実はそうだ。

早い話「そうひどくはない自分」と思うことで、（まだ、なんとかなる可能性はある（だったら、もうしばらく、このままでいいか）と、せっかくマンションを考えるところまでいったのに、またぞろ問題を先延ばししてしまう。そのくり返しで、あっという間に三十歳。正真正銘の美人なら、男の方が、こうなるまで放っておかないんだろうな。

この本には、そうした、若さあふれる二十代とはちょっと違った視点から、身のまわりのことを書いてみた。仕事、世の中、ひとり暮らし、男性、旅、買い物、そして自分。三十という年齢にあせりながらも、内心、（それでもまあ、やや美人といえるかも）と自らを励まし、とりあえず明るく生きているすべての女性に、この本を捧げます。

一九九六年春

岸本葉子

解説

平野恵理子

岸本葉子さんといえばキュートな才媛というイメージだ。新聞の書評欄や雑誌のインタビューなどでお顔は知っていた。きれいな人だなあ。岸本さんの顔写真に会うたびに、わたしは感慨にふけった。

テレビの書評番組で、動く、そして話す岸本さんに会ったのはいつだっただろう。会ったといってももちろんブラウン管を通してだ。

「あっ、しゃべる感じもいいなあ。かっわいいなあー（失礼）」

こうなると観ている私はおやじ丸出し、あるいはまるでアイドル歌手に夢中のニキビ面の少年だ。本文の中で岸本さんは自分の声を嫌いと書かれているが、どうしてどうして。いいですよー、穏やかで優しいあの話し方。初めて聞いたそのとき、私は感激してしばらくテレビの画面を見ながら呆然としていた記憶がある。

才気走った女が理路整然、滔々《とうとう》としゃべるのを見ると虫酸《むしず》が走る私は、

「おお、やはり岸本さんは私を裏切らなかった」

とヘンな喜び方までしてしまった。

岸本さんを最初に知ったのは、ある雑誌の連載エッセイにイラストを寄せる仕事をしたときだ。そのエッセイを書かれたのが岸本さんである。このときはまだお顔を知らず、岸本さんの略歴とお仕事の紹介を見せてもらい、「あ、同じ年の生まれなんだ」と思ったのと、「骨太の仕事をしている方だなあ」というのが印象だった。北京に留学？　アジアの各国を取材？　ウーム、やるな。

私がイラストを描かせてもらった連載のエッセイでも、やはり一人暮らしのことをおもに書かれていたが、なかなかにしっかり者のようである。私の中でどんどん「岸本葉子像」が形作られ、それは勝手に違う方向へ向かっていたのかもしれない。初めて何かの紙面でお顔を見たとき、「エーッ」というのが正直なところだった。こんなにきれいな、かわいらしい人だったんだ。

最初は自分が勝手に作っていたイメージとのギャップにおろおろするばかりだったが、次第に岸本さんのあのお顔と書かれる物がうまく重なるようになってきた。なるほどね、あんなにきれいな人でも台所のコンロの向こうにお箸が落ちたまま何年もたってるんだ。本書の中でもこちらをホッとさせてくれる箇所がいくつもある。手首に腕時計を二つけて出掛けたなんて読むと、私にも経験がありそうで思わず記憶をたぐってしまった。人の名前を一度間違っておぼえると、なかなかそのインプットされてしまった違う名前が消えずに苦労することがある。岸本さんは、ミヨシさんをミヤケさんと呼んでしまったそうだが、私もエンドウさんを何度も何度もアンドウさんと呼んで、そのたびに訂正されていた。エンドウさんは訂正しないミヨシさんより几帳面だったのか。でも、私はそのあと怖くなってしばらくエンドウさんを名前で呼べなくなってしまった。アンドウエンドウ、どっちが正しいのか一瞬わからなくなるのだ。岸本さんは、その後ミヨシさんに会ったのだろうか。会ったとしたら、ミヨシさんは、また岸本さんは、それについてなにか話したのだろうか。かわいく恐縮している岸本さんが目に浮かぶ。また一歩、ちょっとズッコケタところもある岸本さんに近づいた気がした。

そうはいっても岸本さん、やっぱり骨太なことは確かだ。怒る岸本さんがまたいい。

「ちょっとは、遠慮しろよなー」

「このーっ、二六〇枚でいいって言ったじゃないか」

「行くんなら、早く行け」

もっと怒って。

岸本さん自身書いているが、聞き耳が自然に立ってしまう「ダンボ系」の耳の持ち主らしい。ダンボ耳なばっかりに、岸本さんは喫茶店で、そば屋で、路上で、困ったり怒ったり気を揉んだりしている。読んでいる方は楽しいだけだが、実際その場にいる岸本さんを思うと気の毒というかおかしいというか。

読者としては逆に今度は岸本さんに聞き耳を立てる番である。聞き耳ではなくて、「読み耳」？　心地よさそうに一人暮らしをしている岸本さんの様子を、本書を読むうちにますます知りたくなってくる。

一人お部屋で本を読むときに舌の上で溶かすひと粒チョコってどんなのだろう、とか、そうか、岸本さんはうどんが好きなんだ。お昼の会食に使ったうどんすき屋さんって、もしかしたら兎のマークのお店かな。あるいは帰国してすぐ食べたいのはラーメンか、私は「帰国そば」といってまずはそば屋へ行くんだよね、などなど。

この頃はあまり熱心ではないので大きな声では言えないが、やはり相撲の好きな私には特に気になることもある。ひとつは大関貴ノ浪と武蔵丸のどちらのサインをもらったのかしら、両方かな、でも本当のごひいきは一体……。だったり、北陣親方に言及しているけれど、岸本さんは彼のこと嫌いなんだろうか、と心配したり。

なにしろ北陣親方といえば元麒麟児。私の最も気に入りのお相撲さんだったのだ。場所中成績が良くて敢闘賞や殊勲賞をもらっては番付を上げ、翌場所また負けが込んで番付を落としと、それを繰り返した麒麟児和春。ファンとしてはこういう力士が最も応援のしがいがある。ずっと前から応援していたのに、一気に上位に躍り上がって突然スターになってしまうと、これは昔からのファンにとってはちょっと複雑なものだ。その点麒麟児は安心して応援したい私にとっては完璧だった。麒麟児のおかげで番付の小結や関脇、前頭は十四枚目まであるなんてのをおぼえられたのだから。ま、確かに親方となってからの変貌ぶりというか相撲解説での流暢なしゃべりに、私も多少戸惑ったのは正直なところだ。

しかし、北陣親方のあの少々過剰とも言えるテレビ出演への馴染み方を見逃さないように、岸本さんの人を見る目は鋭い。若い人がリュックサックを背負ったまま平気で混んだ電車に乗っているのを見て、

「こ、こんなときくらい、網棚に上げるか何かしろ」

と心で叫び、デパートへリクルートスーツを買いに来ている、母に言いなりの娘を見て、

「いい年して、自分の服くらい自分で買いにこいよな」

と思う。結局紺のスーツを選んだ母（娘が選んだのではない）の、服で（会社に）落とされちゃたまらないという言葉に、

「お宅の娘の場合、そういう問題じゃないだろ」

と言いたいのを、試着したいスカートを握りしめてぐっとこらえる岸本さん。そうだそうだ、言っちゃえ岸本さん、そいつらに言ったれ！　と私は思うのだが、もしもその通りに岸本さんが言ったら、周りの人たちはその迫力に、サーと引くだろう。

どこで聞いたか忘れた話だが、以前ヤクザ映画で女親分の役をしていた岩下志麻さんが、ちょうどその映画の撮影中、移動で新幹線に乗った。車内で延々走り回る子供達に腹もすえかねて、今はいっている映画の気分そのまま、「テメエら、いい加減静かにしないとあかんぜよ」だかなんだか大声でスゴんだそうで、このときは騒いでいた子供達のみならず、車内中を震撼させたそうだ。美女が怒ると迫力が違う。これに似た感じを、岸本さんにも是非やって欲しい。無理な注文かしら。

子供におばさんと言われドッキリし、編集者にEメールはあるかと聞かれて「は？」と聞き返す。こんな愛すべき岸本さんに大声を出させるなんてのはやはり酷かもしれない。

電話を受けるときは名乗らない、架空の「主人」を利用する、と一人暮らしの女性ならではの知恵と工夫と、もひとつ苦労がこの本には詰まっている。東京に一人暮らしの女性で三十前後、というと一般的なイメージはどこかアンニュイでファッショナブルなものなのかもしれないが、実際はみんな結構コマネズミみたいにせっせと片づけや洗濯をしたり台所に立ったりと、リアルライフを続けている。将来に対する焦りや不安もあるだろう。それでも楽しくやっていることには変わりない。そんな一人のがんばり屋でしっかり者で、まじめだけどでもちょっとズッコケタところもある女性の暮らしぶりを、ちらりと見せてもらえたような気持ちになるのがこの本だ。読んでは自分を重ね、あるいは一人暮らしの娘を持つお父さんやお母さんは自分の娘に重ね。自分の彼女に重ねて読む人もいるだろう。

もちろん岸本さんはそんじょそこらの女とはチト違う。なにしろ連載の原稿を、三回分も貯金しているのだ。並大抵のことではない。毎週締め切りの日にかかってくる電話に戦々恐々としている私には頭の下がる思いだ。ひとつ私も岸本さんを見習って、せめて一回分はイラストを余分に描いておくようにしよう。

（イラストレーター）

文春文庫

30前後《ぜんご》、やや美人《びじん》

定価はカバーに
表示してあります

2000年1月10日　第1刷
2000年9月25日　第4刷

著　者　岸《きし》本《もと》葉《よう》子《こ》
発行者　白川浩司
発行所　株式会社 文藝春秋
東京都千代田区紀尾井町3―23　〒102-8008
TEL 03・3265・1211
文藝春秋ホームページ　http://www.bunshun.co.jp
文春ウェブ文庫　http://www.bunshunplaza.com

落丁、乱丁本は、お手数ですが小社営業部宛お送り下さい。送料小社負担でお取替致します。

印刷・凸版印刷　製本・加藤製本

Printed in Japan
ISBN4-16-759902-3